COLLECTION A.·L. GUYOT

W. DE FONVIELLE

AVENTURES

D'UN

CHERCHEUR D'OR

AU

KLONDIKE

DEUXIÈME PARTIE

20 CENTIMES

PARIS

A-L. GUYOT, Éditeur

12, rue Paul-Lelong, 12

ALGÉRIE, COLONIES ET ÉTRANGER : 25 CENTIMES

516

W. DE FONVIELLE

AVENTURES

D'UN

CHERCHEUR D'OR

AU KLONDIKE

DEUXIÈME PARTIE

PARIS

A.-L. GUYOT, Éditeur

12, RUE PAUL-LELONG, 12

AVENTURES D'UN CHERCHEUR D'OR

AU

KLONDIKE

I

La chronique de Bonanza

Quoique la découverte du Klondike soit encore
toute récente, le pays qui s'est réveillé avec une
telle impétuosité a des annales beaucoup plus
riches déjà que celles de la Californie. Sur les bords
de ce torrent, les événements ont marché avec une
rapidité digne du siècle de la vapeur et de l'électricité. Les péripéties de son histoire n'ont point
été aperçues par le public, qui s'est trop préoc-
cupé de divers événements importants dans l'histoire du monde à cette époque, pour prêter à ces
circonstances instructives l'attention qu'elles méri-

taient, mais la postérité n'y perdra rien ; aucun des
incidents véritablement mémorables n'échappera à
la critique. Le cadre de notre travail est trop res-
treint, pour que nous fassions allusion à tout ce qui
s'est passé de digne d'intérêt dans cette surprenante région, qu'on peut appeler l'avant-garde du
Pôle Nord, entrant en contact avec la civilisa-
tion. Mais nous ne pouvons nous empêcher de
raconter brièvement l'histoire de la création
des claims de Bonanza, de cette partie de la
région que Samuel Larder n'a point découverte,
mais à laquelle il est un des premiers chercheurs
d'or qui se soient attachés. Nous devons faire
une exception pour le théâtre où se sont passés
les principaux actes du drame extraordinaire
que nous racontons, et dont l'ensemble est si
honorable pour un des plus sympathiques enfants
de ce grand et noble Paris, pour un de ces
braves fils de la grande cité, qui portent leurs pas
dans toutes les parties des trois continents et
qui sondent dans tous les sens les profondeurs
glacées de l'océan aérien.

La trouvaille de Bonanza fut faite en 1896 par
Mac Cornak. C'était un vieux mineur californien
établi en Alaska, et qui possédait toutes les qualités que l'on peut raisonnablement exiger d'un cher-

cheur d'or ; il était robuste et sobre, apte à supporter la chaleur, le froid, la faim, la soif, et même
l'extrême abondance, mais pour lui, la fortune
s'était toujours montrée impitoyable, il n'avait
jamais eu de chance. Dépité, dégoûté, ruiné
il s'était décidé à changer de métier.

Il s'était fait pêcheur à l'embouchure du Klondike, partie du Yukon où les saumons abondent.
A ce métier l'on ne fait pas fortune, mais en
trois mois l'on gagne de quoi passer largement
l'hiver, quand on ne va pas perdre en une heure
dans les salons, le gain accumulé pendant la belle
saison.

Au printemps de 1896, il allait commencer sa
campagne annuelle, lorsqu'un ancien Pad nommé
Henderson, qui avait continué le métier de
prospecteur, vint lui vanter les merveilles de
Gold-Battom où il avait travaillé la saison pré-
cédente. Il lui expliqua que tout cela n'était rien
auprès de ce qu'on devait trouver dans une
rivière plus lointaine, que les Indiens appelaient
Tha-tat-dike, et qui n'avait pas encore de nom
en anglais, ni en canadien. Sur les bords de cette
rivière il n'y avait pas de fissure de roche qui ne
produisît une source, et chacun de ces filets
d'eau chariait de l'or. Le nombre des paillettes

augmentait, à mesure qu'on s'élevait davantage, que l'on arrivait plus près du sommet du Dôme.

Cette montagne mystérieuse, aux formes amples et arrondies, qui dominait toute la contrée, devait recéler dans ses flancs ce trésor des trésors, ce filon puissant de quartz aurifère, où se trouvent réunis non pas des millions, mais des milliards de dollars !

Cette perspective inouïe séduisit le vieux chercheur d'or, et il suivit le Pad, quoiqu'il eut fait serment de ne plus jamais abandonner ses filets.

Dès les premiers coup de pioche, Mac Cornak avait une preuve de l'étonnante fécondité du Tha-tat-dike. En effet, il mettait à jour une pépite qui valait mille dollars, et la couche payante dans laquelle ce joyau était enchâssé était d'une richesse sans précédent. Ce fut lui qui, conformément au droit que la coutume locale donne aux découvreurs, imposa au Tha-tat-dike, le nom sonore de Bonanza.

Samuel Larder était un des premiers chercheurs d'or qui aient eu confiance dans les claims de Bonanza. Il était arrivé seul avec un Pad, et avec l'aide de quelques Indiens, il avait établi l'exploitation de son claim. En quelques jours il avait fait assez bonne récolte pour retourner à

Dawson City avec autant de poudre d'or que lui et son associé en pouvaient porter. En même temps qu'il faisait enregistrer son claim, il achetait un berceau en planche, recrutait des ouvriers et organisait une exploitation régulière qui, quoiqu'improvisée, avait très bien fonctionné pendant tout l'été, et qui avait donné des résultats bien plus considérables qu'avec le procédé des sauvages et des pauvres gens.

Si, dans les succès obtenus par ces chercheurs d'or, une partie doit être attribuée aux qualités personnelles de Nemrods d'un genre spécial, il faut aussi tenir grand compte de leur outillage. Dans cette chasse comme dans l'autre il faut évidemment un coup d'œil bon, mais aussi une excellente carabine, pour revenir avec une gibecière bien garnie.

Il faut aussi bien connaître les mœurs du gibier, et celles de l'or sont aussi curieuses que peu comprises. Nous devons donc dire quelques mots des allures de cette substance, qui est pour le chimiste ce que le soleil est pour l'astronome.

La divisibilité de l'or dépasse tout ce que l'on peut imaginer. On peut laminer une feuille assez mince pour que le poids d'un mètre carré ne dépasse point onze grammes, et que l'épaisseur

n'excéde pas un demi-millième de millimètre.
Cette dimension est comparable à une ondula-
tion de la lumière, la plus petite quantité linéaire
dont les physiciens tiennent compte ; elle est réduite
en lame moins épaisse que l'aile d'un papillon.

Avec une partie d'or fin du volume d'un
dé à coudre, on est parvenu à dorer un fil d'argent de quatre cents kilomètres de long. Ce
fil a été aplati au marteau et changé en un
ruban, que l'on a eu la patience de partager
en quatre lanières d'égale longueur ; on a divisé
chacune de ces lanières en fragments d'un
dixième de millimètre, de sörte qu'en comptant
les deux faces, on en a tiré seize milliards de
parties d'or parfaitement visibles.

Les paillettes que recuéillent les mineurs étant
très difficilement visibles à l'œil nu, excepté
lorsqu'elles sont isolées du sable avec lequel elles
sont mélangées, on peut donc estimer qu'il faut en
fondre trois cents milliards pour faire un kilo d'or,
ou bien cent millions pour atteindre la valeur de
un franc.

Il n'est point inutile d'ajouter que l'or est le seul
métal jouissant de cette propriété; il la doit à sa
parfaite inaltérabilité sous l'action combinée de
l'air, d'une chaleur fort élevée et de l'eau, à moins

qu'elle ne soit salée. Les actions chimiques étant
d'autant plus vives que le rapport des surfaces
aux volumes est plus grand, c'est-à-dire que la
paillette est plus petite, l'argent lui-même serait
attaqué par l'oxygène de l'eau s'il se trouvait dans
un tel état de division.

L'instrument avec lequel on ramasse l'or se
nomme *pan* ou bassin ; il est le plus souvent
construit en bois, lorsque le lavage est fait par
des populations sauvages, mais les ouvriers
civilisés emploient un bassin en métal, par
exemple en fer repoussé. Il est de forme circu-
laire, ce qui permet de lui donner un mouvement de rotation excessivement rapide, quoiqu'
l'on l'imprime à la main. Ses dimensions sont
toujours assez faibles ; il n'a jamais plus d'une
trentaine de centimètres de diamètre, et beaucoup moins de hauteur ; il est à large ouverture, et le fond a un diamètre moindre. Ses pa-
rois sont lisses pour que l'eau puisse facilement
s'écouler en entraînant les sables et les matières légères, tandis que l'or reste au fond. Pour
empêcher l'or de couler, on pratique dans le bas
du *pan* une très petite saillie qui suffit pour
retenir la majeure partie du précieux métal,
mais jamais on ne cueille tout. Avec quelque

précaution que l'on manie le *pan*, il retourne à
la rivière une quantité notable de l'or que le sable
contenait. La quantité de sable qu'on lave est très
variable, de même que celle de l'or dont on
s'empare. On estime qu'un ouvrier peut laver
deux mètres cubes par jour, ce qui suppose,
comme on le voit, qu'il a rempli et vidé son
pan un très grand nombre de fois. Le lavage en
grand se fait d'une façon plus compliquée, mais
beaucoup plus économique.

Pour séparer l'or du sable, il faut, au Klondike
comme ailleurs, d'abord de l'eau, ensuite de l'eau
et toujours de l'eau. Aussi, même dans les claims
éloignés, perdus au milieu des montagnes, les
mineurs sont obligés d'exécuter de grands travaux d'hydraulique lorsqu'ils ne se contentent
pas du travail au *pan* exécuté à la main le
long d'un cours d'eau. S'ils veulent pratiquer le
lavage en grand, il faut qu'ils soutirent aux torrents du haut pays de l'eau qui arrive à portée
des travailleurs dans des rigoles de bois, où l'on
jette avec des pelles les matières arénacées
que l'on veut traiter. La partie la plus lourde,
c'est à dire le sable, s'arrête dans une boîte
que l'on nomme le berceau, tandis que les boues
disparaissent rapidement. C'est donc sur la densité

énorme de l'or, six ou sept fois plus grande
que celle du gravier, que repose son extraction.
Si par impossible on avait à séparer des paillettes d'argent, l'opération serait beaucoup plus difficile puisque la pesanteur spécifique de l'argent
n'est qu'à peu près moitié celle de l'or.

Le berceau est ainsi nommé parce qu'il reçoit
un mouvement lent d'oscillation, aussi doucement ménagé que celui qu'une mère imprime
au lit d'osier dans lequel elle cherche à endormir son enfant ; ces impulsions sont tout à fait
favorables au dépôt du métal, qui profite, dans
ces conditions, de sa grande pesanteur spécifique
pour s'arrêter sur le fond. Mais il n'est pas
possible que tout l'or soit arrêté de la sorte, quoiqu'on ait armé le fond du berceau de lattes de
bois clouées transversalement et qui barrent le
chemin aux particules métalliques.

Malgré cette précaution il s'échappe tant d'or,
qu'on place toujours, au débouché du berceau,
un *pan* ordinaire, avec lequel on fait une récolte
excellente.

Les mineurs Klondikers savent bien que cette
manœuvre monotone laisse échapper des quan-
tités énormes du métal qu'ils chassent.

S'ils le pouvaient, ils imiteraient les mineurs

californiens et australiens, qui augmentent dans
une proportion notable leur gain en versant dans
leur berceau une certaine quantité de mercure
qui se loge dans l'angle inférieur de la caisse
et dont l'affinité chimique complète le travail de
la gravitation. Mais on ne possède point au
Klondike les ressources industrielles nécessaires
pour organiser la distillation du mercure, opération indispensable pour récupérer l'or que le
mercure aurait arrêté. Cette opération nécessi-
terait que l'on découvrît des mines de charbon
qui permettraient d'établir la grande industrie
dans ces riches régions.

Comme la houille est le produit de la condensa-
tion du charbon contenu dans la tige des végé-
taux, et que les plantes n'assimilent le carbone
qu'à la suite d'une forte insolation, on peut considérer le combustible fossile comme de la chaleur so-
laire emmagasinée pendant de nombreuses années
et venant diminuer l'horreur des nuits polaires
pendant la période où nous vivons.

Dès le mois de novembre Samuel Larder avait
attaqué le travail d'hiver de son claim avec une
nombreuse équipe d'ouvriers, et accumulé une
grande masse de sables que l'on devait laver
au printemps 1899 ; mais les vivres avaient

baissé, et le bois était sur le point de manquer; c'est ce qui aurait suffi pour décider l'entreprenant chercheur d'or à revenir à Dawson. Mais il y était aussi appelé par le besoin de faire enregistrer le second claim auquel il avait encore droit sous l'empire la législation qui expirait. Il avait laissé l'exploitation sous la direction du Pad, qui avait eu à lutter contre des difficultés immenses, à cause de l'insuffisance de ses approvisionnements. Plusieurs fois, ses ouvriers s'étaient mutinés et avaient argué de la rigueur de la saison pour refuser le travail. Il avait même été obligé à deux reprises différentes de faire usage de son revolver et de brûler la cervelle au chef de la sédition. Ces actes d'autorité avaient quelque peu rétabli l'ordre, mais une douzaine de mutins, après avoir pillé un magasin de vivres qui ne renfermait plus grand'chose, avaient déserté et se dirigeaient vers Dawson, lorsqu'ils rencontrèrent les mineurs que Samuel Larder conduisait pour leur donner la main.

II

Le retour des fuyards

Ce fut Samuel Larder qui fut le premier à apercevoir la petite colonne des fuyards; comme il connaissait très bien la plupart des ouvriers qu'il avait laissé à Bonanza, il n'eut en quelque sorte qu'à les reconnaître pour deviner sur-le-champ ce qui s'était passé.

Avançant donc résolument à leur rencontre, il leur barra le chemin, ce qui n'était point très difficile, car la route était fort étroite. Il saisit au collet celui qui marchait en avant.

— C'est comme cela que vous abandonnez Pad, lui dit-il... Pourvu que vous ne l'ayez pas assassiné?

— Non, gouverneur, reprit cet homme d'un
ton fort humble, c'est lui qui a tué plusieurs des nôtres en leur brûlant la cervelle...
Nous nous sauvons pour n'y point passer.

— C'est bon, on verra tout cela, lorsque nous
serons de retour à Bonanza... Mais vous allez
commencer par rebrousser chemin avec nous,
sans cela, je fais tirer sur vous comme sur des
chiens... Je veux vous avoir sous la main
pour vous faire payer les pots cassés, s'il y a
quelque chose de cassé là-haut. En avant par
le flanc gauche, et ne bronchons pas, autrement
votre compte est bon.

— Nous ne demandons pas mieux que de
revenir à la mine et travailler, répondit une
espèce de colosse à poil roux qui paraissait être
le meneur de la bande, mais on crève de faim,
et nous n'avons pas le secret de vivre sans
manger. Si l'on veut nous faire travailler, il faut
nous ravitailler.

— Bien, bien, vous mangerez avec les autres;
lorsque nous serons à la grande halte, on vous
distribuera des rations... Vous ne devez pas vous
être embarqués sans biscuits, vous devez avoir
des vivres dans votre bissac. Monsieur, dit-il
en désignant Paul, visitera vos bagages, et

tout ce qu'il y trouvera sera rapporté à la masse, car vous n'êtes pas parti pour Dawson sans quelque chose à grignoter en chemin, et tout ce que vous portez a été volé par vous.

Comme il n'y avait point à badiner avec un patron qui avait le revolver si facile, les fugitifs n'attendirent point les visites pour dégorger ce qu'ils avaient pillé. Ce n'était pas brillant, et les naufragés de *la Méduse* en auraient à peine voulu à la fin du carême auquel ils se virent condamnés.

Cet incident ne ralentit la colonne que pendant quelques instants, et l'on continua la marche à pas accélérés, car Samuel Larder avait hâte d'arriver pour savoir ce qui s'était passé, et tout le monde partageait, au moins en apparence, les impatiences du chef. Jack lui-même, qui se sentait surveillé, s'était complétement radouci.

En approchant du claim, on vit Pad, qui évidemment attendait l'arrivée de la colonne, se porter en avant.

— Je suis maître de la situation, dit-il, dès qu'il eut abordé Samuel. Le travail a repris, et j'en ai couché sur le dos qui ne feront plus les malins, mais il était temps que vous revinssiez, car nous n'avons plus que pour deux

jours de vivres, et il y a bientôt quinze jours que
nous sommes réduits à la demi-ration, et non à
l'*admiration*, dit-il avec un gros rire pour accen-
tuer le détestable calembour qu'il se permettait
dans la joie de son cœur.

— C'est un peu grâce à ces messieurs que
nous sommes si bas percés, fit-il en aperce-
vant les déserteurs. Car ces coquins ont commencé
par faire main basse sur notre meilleur magasin.

Il allait se jeter sur le pilleur de vivres qui
était le plus près de lui, mais Samuel Larder
l'arrêta.

— Qu'ils mettent de bon cœur la main à la
pâte, et, s'ils sont gentils, il ne leur sera rien
fait, parce que nous avons besoin de bras, mais
le premier qui bronche aura la tête cassée.

Samuel Larder fit sonner un appel, et l'on
vit sortir des trous tous les travailleurs enfu-
més qui y étaient occupés.

Quand tout le monde fut rangé devant lui,
Samuel déclara qu'il était très mécontent qu'on
ait obligé Pad à faire parler la poudre, et que
peut-être il avait eu le tort de ne pas saisir cette
occasion pour débarrasser Bonanza d'un plus grand
nombre de mauvais gredins, mais qu'il y avait de
l'or à gagner pour tout le monde, parce qu'il vou-

ait ouvrir trois puits sur la nouvelle concession et
continuer l'exploitation de tous ceux qui étaient
ouverts sur l'ancienne ; il pouvait répondre sur sa
tête que, dans les nouveaux claims, le pan vaudrait
plus d'un dollar ! Le Pactole et le Klondike
étaient enfoncés dans le trentième dessous.

Rien n'était plus sale et plus dégoûtant que
cette armée de loqueteux, maigres, couverts de
suie. Quelques-uns ne s'étaient pas désha-
billés depuis plus de six mois, et le plus repous
sant de ces déguenillés gagnait des appointements
de général de brigade dans l'armée française.
Quand il eut distribué lui-même à chacun une
lampée de whisky, Samuel choisit ceux qu'il jugea
les plus capables de procéder à l'ouverture des
puits dont il attendait des merveilles.

Peut-être par mégarde, et parce que lui-même
avait fait un trop grand usage de la bienfaisante
liqueur qu'il distribuait à tout son monde, il
choisit, comme un des trois chefs d'équipe des nouveaux puits, Jack, et c'est à l'équipe de Jack qu'il
attacha comme lieutenant, Simonot.

Celui-ci ne put s'empêcher d'esquisser une gri-
mace, quand il vit la méprise que Samuel commettait, mais il ne voulut pas que l'on put dire
qu'il avait eu peur d'un scélérat. La curiosité

l'emportait sur tout autre sentiment, car il avait hâte de savoir comment ces fameux puits du cercle polaire se fonçaient si facilement.

Cette opération se commence et se continue de la façon la plus barbare pendant toute la durée de l'hiver. Mais il est imposible, même à un géologue de profession, de se faire une idée du travail des mines, sans y avoir participé et sans avoir vu par soi-même les moindres détails de la plus curieuse des manipulations.

Dans les régions polaires, la terre n'est pas gelée seulement à la partie supérieure comme dans nos contrées.

La gelée s'étend à toute la couche sablonneuse et descend jusqu'à la roche imperméable sur laquelle cette sorte de gravier repose.

Il n'y a que la couche superficielle qui éprouve, en été, un dégel passager pendant lequel se développe rapidement la végétation, sous l'influence d'un soleil peu ardent, mais qui finit par produire de l'effet, à cause de sa persistance, parce qu'il ne descend jamais en dessous de l'horizon. Au contraire, en hiver, quoique fort poreux, le sol est complètement impénétrable ; tant qu'il est gelé, le pic ne saurait l'entamer. Pour obvier à cet inconvénient capital, les mineurs allument

de grands feux sur une surface d'environ quatre mètres carrés. Lorsque le feu va s'éteindre,
ils écartent les charbons et profitent de la
fusion de la glace pour rejeter, autour des puits,
les sables ainsi rendus meubles. Puis, dans les
fond de l'excavation ainsi produite et qui a
environ trente centimètres de profondeur, ils
allument un second feu, ét vont ainsi de proche
en proche, jusqu'à qu'ils soient arrivés au contact de la roche qui ne contient plus d'or, et
qui du reste est tellement dure, qu'ils ne sauraient
même l'égratigner.

A mesure que le trou s'enfonce, le feu devient
plus difficile à entretenir et plus fumeux. Quand
ils voient que la combustion devient trop précaire,
les mineurs commencent un nouveau feu à côté du
premier trou et le descendent au même niveau.
Ils arrivent ainsi à ouvrir de véritables fosses,
ayant deux mètres de large et huit à dix mètres
de long ; sur les bord de ces excavations ils accumulent d'énormes meules de sable aurifère, que
l'on écarte de temps en temps et qu'on lave
pendant la belle saison. La profondeur de ces
fosses est variable ; elle dépend de la nature
plus ou moins raboteuse et plus ou moins
inclinée du sol. Elle atteint quelques fois une

dizaine de mètres ; dans ce cas les mineurs établissent des treuils qui servent à remonter les sables à mesure qu'ils sont détachés. Mais il y a des précautions spéciales à prendre, lorsque les puits sont creusés dans l'arrière-saison, époque où un brusque dégel, analogue à celui dont les chercheurs d'or avaient profités pour franchir les lacs, peut produire de sérieux désastres.

A un moment où les travailleurs peuvent être surpris par de soudaines inondations, et parfois noyés, car on ouvre les excavations dans des terrains très en pente, on ne manque jamais de faire concorder la longueur des puits avec la ligne que suivent les eaux et de creuser les puits en file. De là sorte, il suffit d'élever une petite digue en travers du premier puits pour protéger tous les autres, aussi longtemps que la digue n'est point emportée.

Quoi qu'il fut très hypocrite de son naturel, Jack n'avait pas pu dissimuler son hostilité contre Simonot, qui avait arraché Samuel Larder de ses mains. Car Paul ne s'était pas trompé, le misérable était bien l'un des deux auteurs de l'agression de Dawson City. Jamais il ne répondait quand Simonot lui adressait la parole, ce que celui-ci du reste n'avait fait que

deux fois. Il ne lui parlait que d'un ton
rogue, maussade et impérieux, lorsqu'il croyait
l'avoir surpris en défaut.

A mesure que l'on s'écartait de la surface de
la terre, Jack devenait plus irritable, mieux décidé à chercher querelle au Français. Celui-ci,
qui se rendait bien compte de la situation, était
persuadé que Jack prendrait sa modération
pour de la lâcheté, et qu'il ne tarderait pas à
l'attaquer ouvertement. Il était donc parfaitement sur ses gardes, prêt à tout. Sans en rien
dire à personne, même à Paul, il avait pris une disposition fort simple pour répondre comme il con-
vient à une agression faite dans le but de l'assassiner.

On était arrivé à toucher la roche dans le trou
ou travaillaient Jack et Simonot, et le treuil soulevait une sorte de benne chargée de sable aurifère,
lorsqu'elle se détacha et faillit écraser Simonot.

Jack, qui avait sans doute prémédité cet accident, car il se tenait soigneusement placé de
l'autre côté du trou, se précipita comme un
furieux sur Simonot; le revolver au poing, il le
menaçait de son arme, tout en vociférant contre lui
des injures, comme s'il était responsable de ce
qui venait de se passer.

Voyant que la situation était fort grave, car un mineur, qui avait un pic en main, se dirigeait vers lui d'un air menaçant, avec l'intention évidente de l'attaquer, et allait peut-être lui ouvrir le crâne, Simonot bondit sur Jack, le saisit à la gorge d'une main, et de l'autre écarta son revolver, qui fit feu en l'air. Pendant ce temps l'ouvrier s'approchait à pas de loup ; déjà il prenait de l'œil ses mesures pour ne pas manquer son coup. Tout en s'élançant sur son ennemi, Simonot avait vu ce qui se préparait et comprenait qu'il était perdu s'il hésitait. Se retournant comme une anguille, il saisit le poignard qu'il avait suspendu sous sa chemise et le plongea dans la gorge de Jack qui tomba à la renverse sans pouvoir articuler une parole. Puis ramassant le revolver que le moribond venait de lâcher, il se retourna vers son triste auxiliaire qui tenait déjà le pic levé, mais dans sa surprise, le misérable n'osa continuer le mouvement qu'il avait esquissé.

— Grâce, grâce, cria-t-il en voyant que Simonot allait faire feu... Je dirai ce que j'ai vu... Je dirai tout ce que vous voudrez...

— Je n'ai pas besoin de votre témoignage, car on me croira sur parole... mais aidez-moi à met-

tre cette charogne dans la benne, et puis nous allons
sortir d'ici pour nous reposer un peu... J'ai hâte
d'être hors de ce trou où ce misérable Jack voulait
m'assassiner. J'ai fait une bonne action en pur-
geant la terre d'un misérable de ce calibre, car
il n'en était point à son coup d'essai... et j'ai le
regret de n'avoir pas fait coup double, car vous
ne valez sans doute pas beaucoup plus cher que
lui.

Le coup de feu que Jack avait tiré en l'air avait
retenti dans toute la concession et avait attiré
une foule assez nombreuse. Simonot, qui s'était
bien douté de l'émotion que ce bruit allait répandre à la surface de la terre, ne commit pas la faute
de laisser remonter le cadavre. Il fut le premier à
faire comme la Vérité, c'est-à-dire à sortir du
puits. En deux mots, il expliqua l'affaire à Samuel,
qui se contenta de dire, trop rapidement pour que
personne autre que Simonot comprit ce dont il
s'agissait.

— Jack est bien en bas, qu'il y reste, nous
l'enterrerons cette nuit ; faites sortir son camarade
et conduisez-le près de moi, que je lui fasse la
leçon.

En voyant la quiétude du chef, chacun se dis-
persa et alla à ses occupations. C'est le lendemain

seulement qu'on apprit qu'il y avait eu une rixe dans le fond d'une des nouvelles excavations, et que Jack avait été tué...

L'incident n'était pas assez extraordinaire pour exciter une émotion véritable, mais Jack était fort populaire dans la partie la plus remuante et la moins recommandable de la troupe des chercheurs d'or. Ceux qui étaient restés assez indifférents commencèrent à faire chorus avec les ennemis de Simonot, qu'on n'appelait plus que Simonot l'assassin.

Pad, et surtout Samuel Larder étaient enchantés d'être débarrassés du coquin qui avait été si lestement expédié dans l'autre monde.

Ils ne négligeaient aucune occasion pour montrer à tous qu'ils approuvaient la conduite de Simonot et qu'ils étaient disposés à le défendre quand même contre tous ses ennemis.

Pad et Samuel s'étaient partagés le travail de la direction ; Pad surveillait les ouvriers et s'assurait que chacun travaillait en conscience dans la tâche qui lui était assignée. Lorsqu'il n'était pas retenu par les travaux de la cuisine, qui était très sommaire, et de la distribution des vivres, Paul assistait Pad dans sa surveillance, ce qui avait achevé de le rendre odieux, mais le brave Canadien ne se

souciait que médiocrement des haines que soulevait son attachement à ses devoirs.

Samuel avait pris pour lui la tâche moins pénible et beaucoup plus intéressante de s'occuper
de la direction à donner aux travaux, ce qui
nécessite des recherches empiriques, mais cependant ayant un caractère scientifique, puisqu'il s'agit
de déterminer le plus exactement possible le rendement du sable que l'on extrait si péniblement des
profondeurs du sol. Il avait naturellement prié
Simonot de l'assister, ou pour parler plus exactement, il avait demandé à Simonot de lui dire s'il
avait, pour se faire une idée de la valeur des
terres que l'on remuait, quelque procédé moins
pénible et plus exact.

En effet, le moyen dont les mineurs se contentent, faute de mieux, est excessivement rudimentaire. Il consiste uniquement à prélever quelques
échantillons de la terre que l'on remue et à exécuter le lavage, comme si on voulait se livrer à
une exploitation.

— Je n'ai rien à reprocher à la méthode, dit Simonot, dès qu'il eut assisté à un essai ; elle est
même ingénieuse à cause de sa simplicité, et elle
donne une approximation suffisante pour les
besoins d'une exploitation courante. Le seul incon-

vénient, c'est qu'on ne peut pas la mettre assez
souvent en pratique, à cause de la nécessité de
faire dégeler l'eau dont on a besoin et de procéder avec une grande rapidité pour éviter que cette
eau ne gèle avant que l'analyse sommaire soit
terminée.

— Tout cela est vrai, répliqua Samuel, mais nous
sommes obligés de conserver notre combustible,
car nous avons besoin de tout celui que nous pos-
sédons pour la conduite de nos déblais, et nous
n'en avons jamais assez.

— C'est le défaut de combustible qui est le
principal obstacle contre lequel vous aurez à lutter, et qui paralyse les développements réguliers
de notre industrie. En été vous aurez la force
motrice de vos innombrables chutes d'eau, mais en
hiver vous n'aurez rien... absolument rien ; vous
devriez faire venir de la houille et du pétrole à
n'importe quel prix !

— Mais est-ce que l'on ne pourrait pas découvrir un gisement de houille dans un pays si riche
en substances minérales, fit Samuel d'un air inter-
rogateur ?... Vous qui êtes un savant, vous devriez
bien profiter de votre séjour dans le pays pour
l'étudier à ce point de vue.

— Je sais bien que M. Dawson et M. Ogilvie,

les deux géologues qui ont exploré minutieusement
le pays pour le compte du gouvernement canadien,
affirment l'un et l'autre que les combustibles
doivent exister au Klondike, et ils prétendent
même qu'on en a trouvé des traces dans un grand
nombre de localités différentes situées en Alaska.

— Pour cela j'en réponds, interrompit Samuel;
j'ai vu des échantillons de houille entre les
mains de mineurs, qui prétendaient en avoir
ramassés dans des bois encore inexplorés, mais fort
loin d'ici, et le chemin n'est pas du tout commode
pour y aller.

— La difficulté de la route n'est rien, répliqua
Simonot, pourvu que la houille existe réellement et
qu'elle soit en quantité suffisante. La houille est ra-
rement associée avec l'or, elle n'est pas de la même
époque géologique... Elle ne se marie pas facilement
avec lui dans les mêmes dépôts, mais de semblables coïncidences peuvent se produire; elles
doivent même se présenter, si on admet un plan
providentiel de la nature. Car le fabricateur de la
terre n'a pas semé l'or dans ces tristes régions
pour leur refuser le charbon sans lequel l'or serait
presqu'une chimère, comme le dit la chanson, puisqu'il serait bien difficile de l'en tirer; quelques
bonnes couches carbonifères vaudraient mieux,

ou presqu'autant, que la *Roche-Mère*. Je ne
serais pas étonné que la montagne que vous
nommez le Dôme en contînt, et que l'on pût
découvrir les points d'affleurement, en inspectant
la montagne du côté du grand escarpement.

— Du côté du grand escarpement !... y songez-
vous ? s'écria Samuel au comble de la surprise.

— Puis se levant, se promenant fiévreusement et
regardant bien en face son interlocuteur : — Qui
donc aura le courage d'aller étudier la nature du sol,
dans ces conditions véritablement épouvantables ?

— Je le ferai sans hésiter, car il y a des moyens
pour aller partout ; croyez le bien, mon cher monsieur Samuel la science n'est jamais prise au dé-
pourvu ! Que l'on sache qu'il y a de l'or au Pôle,
on ira l'y chercher sans avoir besoin d'employer
le ballon d'Andrée.

La conversation, qui commençait à devenir pal-
pitante pour Samuel, aurait sans doute continué
pendant assez longtemps, lorsque l'on entendit un
grand tumulte du côté où les hommes se trouvaient
réunis pour toucher leur vivres. Ils avaient profité
de ce que Paul était seul pour se révolter, sous
prétexte que la ration était insuffisante, et que
sans nécessité on les faisait jeûner.

Heureusement Pad, qui se trouvait à peu de

516.   2.

distance et que l'on n'avait pas vu, parce qu'il
sortait précisément d'un puits, s'était aperçu de ce
qui se passait et était accouru, le revolver au
poing.

Il avait suffi de l'arrivée de Pad pour permettre
à deux ou trois ouvriers, qui avaient été entraînés,
de se ranger du côté de l'autorité en intimidant les
mutins, que cette défection inattendue déconcerta.

Lorsque Simonot et Samuel se présentèrent, personne n'osa prendre la parole pour soutenir les
réclamations tumultueuses qui venaient d'éclater,
comme prélude à la rebellion.

Des explications confuses et embarrassées qui se
produisirent il y avait cependant une conclusion
utile à tirer. Les mutins ne cherchaient qu'un
prétexte pour faire un mauvais parti à Paul et
surtout à Simonot.

Leur but était de tirer vengeance de la mort de
Jack sur la personne de celui qu'ils persistaient
à appeler son assassin, et sur son ami qu'ils consi-
déraient comme son complice.

Ni Pad, ni surtout Samuel n'étaient disposés à
acheter la paix en sacrifiant le Français et le Canadien, mais Simonot, qui avait beaucoup de finesse,
se rendait admirablement compte des dangers
croissants de la situation. Il résolut de s'en expli-

quer franchement avec Samuel, et la première
fois qu'il se trouva seul en tête-à-tête avec lui, il
lui dit :

— Mon cher monsieur Larder, je vois bien que
jamais les ouvriers ne me pardonneront de vous
avoir débarrassé de Jack...

— Peu m'importe ce que disent et ce que pen-
sent les mineurs !... Est-ce que je n'ai pas mon bon
revolver pour les mettre à la raison. J'ai bien
réfléchi à tout ce que Paul m'a dit de relatif à
Jack. Cet individu était des plus dangereux pour
moi ; vous m'avez sauvé la vie en défendant la
vôtre avec tant de vaillance...

— C'est vrai, mais j'ai excité contre moi de telles
haines, que je vous compromets, et je suis ici
comme un brandon de discorde.

— Où voulez-vous donc en venir ? répliqua
Samuel Larder au comble de la surprise... Pensez-
vous que je serais assez faible pour vous sacrifier ?
Ne voyez-vous pas que si je commettais ce crime,
il serait tout à fait inutile ? Mes hommes me mépri-
seraient et cesseraient d'avoir peur de moi... Ils
me dévoreraient, du moment qu'ils croiraient pouvoir le faire impunément ?

— Vous avez raison, monsieur Larder, aussi je
ne viens pas vous proposer une lâcheté qui serait

commise à mes dépens, je ne suis pas assez simple
pour cela, mais je viens vous faire une proposition
que vous trouverez peut-être folle, et qui n'est
qu'un peu hasardée.

— Quoi, quoi ? repliqua Samuel au comble de la
surprise et de l'émotion, est-ce que vous voudriez
descendre dans le grand abîme pour faire l'exploration dont vous m'aviez parlé ?

— Justement, vous l'avez deviné, mais les risques ne sont pas aussi grands que vous le supposez.
Ils ne sont pas tels, que l'on puisse taxer cette entreprise de folie. Puis n'est-il point juste de mettre,
dans l'autre plateau la balance, les résultats
merveilleux que nous pouvons atteindre et aussi
les dangers auxquels nous échappons, Paul et
moi, tentant ainsi la fortune... Est-ce qu'il n'y a
pas un compte à faire du doit et avoir dans chacun des actes de la vie, et par conséquent dans
cette aventure.

Comme Samuel Larder, un peu pâle d'émotion,
l'écoutait et ne répondait rien, Simonot lui rappela
avec énergie ce qu'il lui avait dit des avantages
de la découverte d'une mine de charbon, surtout
pour lui, Larder, si elle était faite dans le voisinage
de Bonanza ! Puis il entra de la façon la plus
minutieuse, mais en même temps la plus calme

et la plus ordonnée, dans le détail des mesures qu'il entendait prendre, pour diminuer les risques de l'exploration. Enfin il termina par un tableau des dangers que lui faisait courir l'hostilité des mineurs, qui se renouvellerait sous toutes les formes aussi longtemps qu'il n'aurait pas péri.

— En effet, dit-il en terminant son discours, je me sens relativement en sûreté près de vous... mais en sera-t-il de même lorsque je retournerai à Dawson avec mon fidèle Paul. De tous les ennemis de l'homme, c'est l'homme qui est le pire, et c'est de celui-là qu'il faut se garer, dût-on pour le faire, entrer dans des abîmes qui paraissent sans fond...

Bref, il parla si bien et avec tant d'éloquence, que Samuel Larder lui dit en lui serrant la main :

— Vous êtes un brave, un brave que j'admire de tout mon cœur. Je ferai tout ce que je pourrai pour vous aider dans votre dessein. Allez, et que la bénédiction de Dieu vous accompagne!

III

Egarés dans l'abîme

Quoique le Dôme ne s'élève pas à plus de douze
cents mètres au-dessus du Yukon, son altitude
réelle au-dessus des flots est plus du double. Si ce
n'est point un colosse comme le mont Saint-Elie,
c'est une masse réellement formidable, surtout du
côté du grand fleuve, où il est taillé à pic. La
pente est tellement grande qu'il n'est possible ni
de monter ni de descendre. Il faut donc que les
voyageurs qui tentent l'aventure de son exploration
soient soutenus par un cordage, qui trouve son
point d'appui dans le haut et que l'on laisse dérouler paisiblement, lentement, d'une façon parfaitement modérée et ménagée.

En réalité, c'était la fureur des mineurs qui avait fait éclore, dans la cervelle aventureuse de Simonot, le projet ultra-hardi de gagner les rives du Yukon d'une façon si extraordinaire. Jamais Paul n'aurait consenti à le suivre, s'il n'avait eu en son chef de file une confiance illimitée. Mais on ne saurait blâmer Simonot de sa tentative, quand on pense aux dangers qu'affrontent des hommes sérieux et de gracieuses jeunes filles, pour faire l'ascension de pics alpestres, que jamais pied humain n'a foulé.

Samuel Larder avait proposé de prendre un des treuils qui servaient à retirer les matériaux du fond des puits profonds et de l'installer sur les bords de l'abîme. Mais il aurait fallu bien des travaux pour le consolider. Jamais le cylindre ne se serait prêté au déroulement d'un câble d'une longueur suffisante pour atteindre le bas de l'escarpement.

Simonot imagina un procédé beaucoup plus simple, à condition qu'on arroserait le câble avec de l'eau pour l'empêcher de prendre feu pendant qu'il se déroulerait.

Ce qu'il y avait à faire était uniquement de se servir, comme de treuil, d'un assez gros tronc d'arbre qui se trouvait providentiellement placé

sur le bord de l'abîme. Il suffisait d'entailler un
peu la roche, pour ménager un passage au câble
et à l'homme qui s'y tiendrait cramponné. On devait
s'y prendre à deux reprises et faire glisser succes-
sivement Simonot et Paul, portant chacun un
havresac avec des cordes, quelques vivres et des
outils. En outre, au lieu de se cacher et d'exécuter
l'expérience comme une fuite, Samuel Larder
l'annonça avec éloges, comme une tentative dont
l'issue aurait les plus grands avantages pour le
Klondike en général et Bonanza en particulier.

La partie la plus difficile des préparatifs fut la
fabrication de la corde, que l'on fut obligé de
constituer à l'aide de plusieurs bouts assemblés
par des épissures exécutées avec le plus grand
soin. Simonot surveilla avec un soin minutieux
leur confection, de laquelle dépendait son salut, et
Paul, qui était très bon cordier, y travailla de son
côté avec activité.

Les épissures étaient exécutées avec tant de perfection que le diamètre du câble n'en était point
diminué et que, s'il eut dû céder, ce n'aurait été
qu'entre deux de ces points d'attache.

Simonot fit lui-même, au bout du câble, une boucle
pour placer le pied droit, et se tenant de la main
droite, placée à la hauteur de l'œil, il donna le

signal du départ. Sa main gauche était armée
d'un bâton ferré qui devait lui être utile pour
continuer son excursion et duquel il comptait se
servir pour se garantir de tout contact avec la
roche. Sur les épaules il portait un sac garni
de quelques provisions et d'une paire de patins
norwégiens qu'il avait façonnés pour la circons-
tance.

Malgré toute sa résolution, il eut comme un
instant d'éblouissement, lorsqu'il se fut assez écarté
des hommes qui le laissaient glisser, pour bien sentir tout son isolement au milieu du précipice;
mais ce ne fut qu'un instant d'hésitation, et il se
mit à crier, à chanter, à hurler, en écoutant le bruit
singulier que faisait sa voix en se répétant d'écho
en écho. Cette muraille presque perpendiculaire,
où la neige ne pouvait s'attacher, était simplement
recouverte d'une couche de givre et lui ren-
voyait ses paroles deux fois répétées, se confon-
dant les unes avec les autres. On aurait dit les
roulements du tonnerre, et les syllabes se mélangeaient tellement qu'il était en quelque sorte
impossible des les distinguer les unes des autres.

Tout en se livrant à ce passe-temps singulier,
qui n'était point inutile pour agir sur ses nerfs,
son esprit était dans un état singulier de **tension.**

Il regardait avec un soin minutieux toutes ces roches qui défilaient lentement devant lui.

A chaque instant il voyait passer des objets qu'il aurait voulu examiner en détail, mais d'un autre côté il avait hâte d'arriver sur le sol et de sortir d'une position si extraordinaire et si prodigieusement périlleuse.

C'est surtout lorsqu'il fut au milieu de sa course qu'il crut apercevoir des preuves évidentes de l'existence d'une couche de terrain carbonifère. Ce qui le confirma dans cette manière de voir, c'est que nulle part il ne vit rien qui ressemblât à du quartz contenant de l'or. Cette couche devait se trouver enfouie sous une grande épaisseur de formations de toute nature. En admettant qu'il l'eût trouvée, elle n'était pas dans une position qui en rendît l'attaque facile. Mais il n'y a rien d'impossible pour les mineurs, lorsqu'ils ont quelques indices certains de la présence d'un minerai ayant une grande valeur. Cette vue le décida à revenir ultérieurement dans ces parages et à recommencer la recherche, en emportant un kodack, de manière à pouvoir instantanément photographier tous les objets intéressants pour une recherche d'une importance aussi capitale.

Entièrement absorbé par les observations qu'il ve-

naît de faire, Simonot cessa ses expériences d'acous-
tique. Comme les mineurs qui laissaient glisser la
corde n'entendaient plus rien, ils arrêtèrent pendant quelque temps le mouvement, comme pour
inviter Simonot à donner de ses nouvelles, en
recommençant son tapage. Simonot se rendit très
bien compte du motif de cet arrêt.

— Tout va bien, cria-t-il de toutes ses forces.
Tout va bien... mais allez doucement, car nous
allons arriver sur la roche d'en bas.

Son appel fut entendu, et la voix qui criait du
fond de l'abîme fut obéie, car le mouvement
recommença, mais plus lent et plus mesuré que
précédemment.

La précaution de diminuer la vitesse, lors de
l'atterrissage, avait été fort sage. On s'en serait
très difficilement dispensé. En effet, la roche sur
laquelle Simonot aborda était coupée par de
monstrueuses fentes, assez larges pour qu'un
homme put y entrer les bras étendus, sans toucher
ni une face ni l'autre.

Mais voyant venir le péril, Simonot prit ses précautions ; il imprima un léger mouvement d'oscillation à la corde, et à l'aide d'un crochet que portait son baton ferré, il arriva à prendre pied en
dehors de cet abime dans lequel il aurait été

étouffé, faute d'air, et dont il n'aurait jamais pu se tirer.

Une fois en bas, il se mit à crier qu'il était arrivé, et la corde disparut, hissée par les gens qui l'avaient délicatement déposé au fond du gouffre.

La position était loin d'être commode. Simonot ne voyait pas par quel chemin il pourrait gagner l'Indian Creek, affluent du Yukon, sur lequel il comptait pour retourner à Dawson City. Dans un moment de défaillance, il était en train de se demander s'il n'allait pas prier qu'on le remontât, parce qu'il renonçait à l'excursion projetée, mais il aperçut la corde qui descendait de nouveau, et au bout de laquelle était accroché Paul.

Il lui sembla qu'elle était lâchée sans autant de précaution, et d'une façon tout à fait irrégulière. Des pierres se détachaient de temps en temps et auraient pu l'écraser. Une d'elle tomba si près qu'il fut tout couvert de ses débris, car elle fut réduite en poudre.

Tout d'un coup, avant que Paul fut arrivé, la corde se détacha. Le Canadien tomba de plus de trente mètres de haut, heureusement sur un énorme tas de neige, dans lequel il s'engouffra. Il y enfonça tellement qu'il disparut complètement. Cependant il parvint à se dégager tout seul, et il

était à côté de Simonot avant que celui-ci fut
revenu de son effroi. Il n'avait pas le moindre
mal.

L'emotion avait été si poignante et si vive, que
le premier mouvement des deux hommes, qui se
trouvaient isolés dans une situation aussi singu-
lière que dangereuse, fut de se jeter dans les bras
l'un de l'autre. Après le premier moment d'effusion
passé, Simonot et Paul oublièrent un instant ce
que leur situation actuelle pouvait avoir d'alarmant,
ou même de désespéré, pour chercher à se rendre compte de ce qui était arrivé. Mais ils furent
bientôt obligés de s'interrompre pour se réfugier
sous l'abri d'une roche, car ils virent tomber une
grêle de pierres, une véritable avalanche. C'était
une partie de la montagne qui paraissait s'ef-
fondrer afin de les ensevelir.

L'accident qui avait failli se changer en catastrophe devait-il être attribué uniquement à la
négligence ?

On ne pouvait guère adopter une version favorable, car la corde n'avait pas cédé sous le poids
de Paul Lhomond. Simonot, qui l'avait ramassée,
avait constaté qu'elle avait été tranchée net,
comme avec un rasoir.

L'avalanche de pierres, de terres et de roches,

ne s'était pas produite dans des conditions normales.
Il fallait donc croire à une conspiration, à un crime, à l'intention bien arrêtée de se débarrasser des
deux aventureux explorateurs.

Qu'était-il arrivé? Samuel Larder, qui dirigeait
l'opération avec autant de sollicitude que s'il eût
veillé sur deux frères et qui se croyait sûr de
maintenir son monde, avait-il été victime d'un
complot? avait-il été obligé de s'absenter? avait-on
trouvé moyen de tromper sa vigilance?... Autant de
questions auxquelles aucune réponse ne pouvait
être donnée.

Mais le plus pressé n'était pas de pénétrer ce
mystère. C'était de trouver un moyen de sortir de
ce dédale et de gagner quelqu'un des claims
établis déjà sur la rivière Indienne.

La situation aurait été inextricable, désespérée,
pour des explorateurs qui n'auraient point été
accoutumés à de terribles aventures. Mais Simonot
n'était point homme à se laisser impressionner par
les dangers qui l'entouraient. Avant de chercher à
se tirer de cet abîme, où les neiges semblaient
conjurées avec les roches pour le retenir captif,
il se mit à étudier avec soin l'orientation des couches et à déterminer, avec une boussole dont il s'était
pourvu, la position du Nord, par conséquent la

direction dans laquelle se trouvait le fleuve dont
il devait rechercher les sources. En prêtant avec
soin l'oreille, il crut entendre le son d'une cas-
cade lointaine, qui semblait sortir d'une faille
étroite dont on n'apercevait pas le fond. C'était
sans doute de ce côté qu'il fallait diriger ses pas.
Mais avant de se risquer dans cette aventure, il
fallait sonder la faille. C'est ce que fit Simonot à
l'aide de morceaux de rochers gros comme le
poing qu'il fit lancer par Paul. Lui, donnait le
signal. Étendu sur le sol, il appliquait l'o-
reille contre terre, comptait les secondes, et
cherchait à analyser la nature des bruits qu'il
percevait; à cinq reprises différentes, il fit changer
la position de Paul. Cette espèce de sondage dura
plus d'une heure, mais les résultats ne parurent
point le satisfaire. Il se leva brusquement et, mon-
trant une autre roche éloignée, d'un accès difficile,
il dit à son compagnon :

— Décidément, de ce côté il n'y a rien à faire,
mais ne perdons pas courage, nous allons chercher fortune ailleurs.

Ce n'était point une tâche commode que d'atteindre la roche où Simonot voulait recommencer
ses expériences.

La tentative aurait même été impossible si,

dans la masse de débris qu'on avait lancé sur les
deux explorateurs, il ne s'était trouvé un pin de
cinq ou six mètres, qui pouvait servir à improviser
une sorte de pont sur l'abîme dans lequel Simonot n'avait pas jugé prudent de se hasarder. En
quelques mots, Simonot expliqua son plan à Paul.
Mais pour pouvoir mettre ce projet à exécution, il
fallait passer sur un tronc d'arbre aussi glissant
qu'une corde, et faire un tour d'équilibre dont
Blondin eût été fier.

— Je passerai le premier, dit Simonot, je suis
sûr de moi, je ne ferai pas de faux pas, je ne
perdrai point un seul instant la tête... Une fois
sur l'autre bord, je tendrai la corde que j'em-
porte en double roulée autour de mon corps ;
comme nous allons la passer autour de ce sapin
elle vous servira de main-courante, ainsi vous
arriverez sans mésaventure... mais il ne faut pas
manquer son coup, sans cela on est perdu et
mis en mille pièces. Quant vous serez arrivé nous
couperons la corde et nous la ramènerons.

— Je n'ai pas besoin de cette précaution, fit
le Canadien, je passerai tout seul; nous sommes
habitués, nous aussi, dans nos forêts et dans nos
montagnes, à courir sur le bord des précipices,
nous ne savons pas ce que c'est que le vertige.

Seulement, pour ne pas glisser, nous retirons nos bottes et nous mettons des mocassins dont j'ai pris, à tout hasard, une paire... Je vous engage à faire de même...

— C'est une idée excellente !... Allons, je vois que vous connaissez bien votre affaire ; je vais cependant passer le premier. Vive le Canada ! et vive la France !...

Simonot n'eut pas de peine à franchir ce pas difficile. Il le fit avec une maëstria véritablement remarquable, et qui fut en quelque sorte contagieux. En deux bonds, le Canadien passa à son tour de l'autre côté de l'abime. C'est seulement quand ils furent arrivés que tous deux éprouvèrent ce que l'on peut appeler un vertige rétrospectif en voyant le précipice hideux que, l'un après l'autre, ils avaient franchi comme une flèche.

La situation était encore terrible, malgré le succès qu'ils avaient obtenu si heureusement ; mais on voyait, dans le lointain, se dessiner comme l'origine d'une vallée, qui permettait certainement d'atteindre les bords de la rivière Indienne.

Simonot était d'un naturel difficile à abattre, et surtout en ce moment, il se sentait de force à braver l'infortune. Aimé de la jeune Indienne

dont la beauté naïve avait tant de charmes à
ses yeux, il lui paraissait impossible qu'il ne parvint à la revoir. Il se disait qu'il ne resterait pas
enseveli au milieu de ces roches et de ces
neiges, et qu'il trouverait certainement le moyen
d'en sortir triomphalement. Son amour pur et
vrai triplait ses forces, décuplait ses espérances et centuplait son courage. Il était transformé comme l'Achille d'Homère, quand il avait
été plongé, vivant, dans les eaux du fleuve de
l'enfer, et rendu invulnérable.

IV

Une terrible entrevue

Il y a dans l'amour vrai et partagé une sorte de sympathie, ou, si l'on nous permet d'employer la langue de l'hypnotisme, de *télépathie*, qui s'exerce de plus loin encore que les communications de la télégraphie sans fils. Deux cœurs sincèrement unis dans un commun élan de tendresse sont des sensitifs plus parfaits que les tubes du docteur Braisly, pour les effluves fulgurales.

Au moment même où, assis sur une roche neigeuse et abrité de son mieux contre le froid, replié sur lui-même, Simonot s'abandonnait à sa douce rêverie, Suzon était, également, en proie à une violente agitation, dont l'objet était la même aspiration. Simonot apparaissait en quelque sorte, devant ses yeux charmés, tant sa pensée avait de précision, tant elle se rappelait les plus insignifiants détails de la dernière entrevue !

Mais elle ne fut pas longtemps à s'abandonner à cette espèce de ravissement.

Il lui semblait qu'elle allait avoir à supporter quelque épreuve terrible ! Ces appréhensions étaient peut-être le fruit d'une espèce de remords.

Certes, elle ne s'était point réellement engagée avec le Tonnerre-qui-gronde. Jamais elle ne lui avait rien promis. Véritablement son cœur était libre !... Mais est-ce que ses parents ne s'étaient point cru autorisés, par les mœurs de la tribu, à disposer de son cœur sans la consulter...

En tout cas, elle se disait, non sans effroi, que la vengeance d'un Indien est redoutable, et que le Tonnerre-qui-gronde était un ennemi fort à craindre pour l'objet de son amour ?...

S'il ne s'était agi que de son sort, elle se serait bien résignée... Mais elle sentait bien que, si le Tonnerre-qui-gronde devait brûler du désir de la punir, il devait encore, bien davantage, rechercher les moyens de frapper son rival, son odieux rival !

Pour elle, elle n'avait que des appréhensions ;

pour Simonot, elle ressentait de véritables terreurs.

A ces craintes matérielles venaient s'en joindre d'autres, d'une matière tout à fait différente.

Malgré les enseignements, les conseils de Mᵐᵉ Jeanne, elle n'avait pu chasser de son âme des idées superstitieuses. Que dirait le Grand-Esprit de son apostasie en religion, et peut-être en amour !... N'avait-elle pas bravé, ne bravait-elle pas de toutes les manières le dieu de ses ancêtres... Après tout, le Dieu des chrétiens était-il si puissant qu'on voulait bien le lui dire ?

Ces différentes pensées, de nature peu agréable, se précipitaient ; elles tourbillonnaient devant l'esprit agité de Suzon. Dans son trouble inexprimable, la jeune fille sentit un irrésistible besoin de respirer l'air pur du dehors, pour échapper aux émotions tristes qui l'envahissaient.

A peine avait-elle mis le pied hors de la tente, que le soleil perçait une légère écharpe de nuages qui flottait sur la voûte céleste et venait lui donner une douce sensation de chaleur.

Dans les régions polaires, l'astre ne s'élève jamais bien haut ; même à son passage au méridien, on peut le contempler sans trop de difficulté, car l'éclat de sa lumière est tempéré par l'immense trajectoire qu'il exécute pendant qu'il traverse

en course oblique l'océan aérien. A plus forte
raison, lorsqu'il est encore voisin de l'horizon,
peut-on regarder fixement, sinon le disque, du
moins les régions voisines ; aucun éclat gênant
n'empêche d'admirer les teintes colorées que la
vapeur d'eau développe, ou que produisent des
étoiles et des lames de glace dont l'air est
toujours plus ou moins abondamment semé.

L'on était arrivé au véritable réveil de la nature,
la brise légère du sud apportait un air que nous
trouverions encore froid en France, mais qui, au
Klondike, semblait presque chaud.

Suzon respirait à pleins poumons, et le bien être
physique qu'elle éprouvait avait calmé ses idées
noires; l'espérance avait commencé à renaître
dans son cœur. Cet air pur lui paraissait délicieux
à respirer.

Tout d'un coup, sans qu'elle puisse se rendre
compte de ce qu'elle éprouvait, ses regards quit-
tent malgré elle le spectacle enchanteur que lui
offrait la voûte céleste. Involontairement elle les
abaisse vers la terre...

Son œil, ébloui par les splendeurs du firmament
est attiré vers un homme de haute taille qui
s'avance à grands pas, mais qui est encore à quelque distance.

Cet homme n'est ni américain, ni canadien, ni européen, car il porte autour de la tête la couronne de plume qui distingue les Indiens.

Dieu du ciel! ses pressentiments prophétiques ne l'ont pas trompée. Elle a vu le danger, la catastrophe dans laquelle elle va sans doute périr ; c'est le Tonnerre-qui-gronde, dont le visage contracté porte les signes d'une terrible colère. Malgré les plis de sa houppelande, on sent, ou plutôt on devine, que sa poitrine est haletante.

Mais c'est la fureur, plus que la fatigue de la course, qui produit cet effet convulsif...

Dans le premier moment, Suzon se dispose à prendre la fuite... Mais elle trouve cette résolution indigne d'une fille de sa tribu... Du reste, où irait-elle se réfugier avant que le Tonnerre-qui-gronde, dont l'agilité est comparable à celle de l'élan, ne l'eût atteinte en quelques bonds.

Fuir, n'aurait-ce point été faire l'aveu de sa culpabilité, et de bonne foi, dans son cœur, elle ne trouvait rien à se reprocher.

Ce fut elle qui la première essaya de rompre le silence, mais le Tonnerre-qui-gronde ne lui en laissa pas le temps.

A peine avait-elle ouvert la bouche, que d'une

voix sifflante, entrecoupée d'éclats formidables, l'Indien s'écria :

— Vous pensiez, fille indigne de la Tribu des Chilcots, que jamais je ne retrouverais votre trace... vous supposiez que le Tonnerre-qui-gronde n'irait jamais au Klondike pour vous chercher, pour chercher un trésor qu'il préfère à l'or de ces vallées. Car je vous aime, ingrate... Revenez avec moi sur les bords du lac Cratère, et tout vous sera pardonné... Jamais, je le jure sur la tête de mon père qui fut un grand sachem, je ne vous reprocherai votre fuite avec les Visages-Pâles... Mais revenez... partons tous les deux... Il n'est pas besoin de vivres, ni de traîneaux : avec ma bonne carabine nous trouverons à vivre en chemin... Mais quoi, vous restez froide... vous vous écartez, au lieu de vous précipiter dans les bras que je vous ouvre... que je vous ouvre généreusement !... vous persistez dans votre infamie, vous violez vos serments... vos serments... oui, vos serments.

Le visage du Tonnerre-qui-gronde était couvert de sueur, à laquelle des larmes brûlantes, s'échappant de ses yeux injectés de sang, se mélangeaient. Ses mains crispées par une émotion poignante étaient toutes tremblantes. Tout en lui, indiquait une passion d'une violence extraordinaire, qui était loin de produire, sur Suzon, l'effet qu'il attendait.

Car la charmante fille avait goûté aux douceurs de la vie civilisée. Involontairement elle comparait le sauvage qui l'interpellait au jeune Français qu'elle aimait et dont elle savait être aimée.

Les transports du Tonnerre-qui-gronde, qui auraient pu agir sur elle si une révolution complète ne s'était produite dans son esprit, augmentaient sa répulsion.

D'autre part, Mme Jeanne, qui était une fervente catholique, avait profité de son influence sur Suzon pour lui faire comprendre que tout ce que l'on rapportait du Grand-Esprit n'était qu'une farce.

Le court séjour que le bon missionnaire avait fait sous la tente des Lhomond avait complété sa conversion. Quoiqu'elle n'eût point reçu l'eau du baptême sur le front, c'était ce qu'elle désirait le plus, après son union avec Simonot. Quelque chose, un secret pressentiment lui disait que les deux cérémonies pourraient bien s'accomplir ensemble. Avec l'emportement commun aux néophytes, elle avait pris le paganisme en horreur ainsi que les païens. Elle aurait donc souffert mille morts plutôt que d'accepter la proposition du Tonnerre-qui-gronde. Aussi, lorsqu'elle vit que l'Indien faisait appel à ses serments, à la foi jurée, elle développa intrépidement les raisonnements qu'elle se faisait à elle-même, quelques instants auparavant.

Le Tonnerre-qui-gronde écouta d'abord avec une certaine patience apparente, parce qu'il était comme pétrifié de ce qu'il entendait... Il était en quelque sorte réduit à l'état de stupidité, et comprenait à peine tout ce qu'on lui disait. Mais, dès qu'il eut bien compris la portée de ce que Suzon cherchait à lui faire entendre, il l'interrompit avec violence.

— J'avais été prévenu de tout ce qui se passe par cet excellent Jollyman, le véritable ami des Pieds-Noirs. Il était temps que j'arrivasse, pour me venger et pour venger le Grand-Esprit. J'aime mieux que vous ayez échappé, misérable fille, à l'embuscade que le Serpent-prudent vous avait tendue, au moment où vous quittiez les wigwams du lac Cratère pour commencer votre criminel voyage, car je n'aurais pas la satisfaction de vous punir de ma main...

Il fit alors les deux pas qui le séparaient de Suzon et lui mit la main sur l'épaule avec tant de brusquerie, que la jeune fille n'eut pas le temps de se dégager ; se sentant saisie par un étau de fer, Suzon comprit que toute résistance était inutile, et avec l'admirable constance de sa race, elle se résigna au sort qui l'attendait.

Mais en même temps, elle bravait son bourreau, elle disait en le narguant :

— Vous aurez beau m'ouvrir la poitrine, en arracher le cœur et le prendre dans votre main, il ne vous aura jamais appartenu... Il sera, jusqu'à mon dernier soupir, à celui à qui je l'ai donné librement, d'une façon définitive... pour Simonot il battra encore...

De son côté, avant de donner le coup fatal, le Tonnerre-qui-gronde, suivant la mode constante de tous les Indiens, se plaisait à se répandre en imprécations et en discours dans lesquels il s'étendait sur les détails de la vengeance, qu'il savourait ainsi.

— Non seulement je t'arracherai le cœur comme tu le dis, mais je scalperai cette chevelure dont tu es si orgueilleuse, et qui est la plus belle de toute la tribu. Je la porterai à Racine-de-chêne, et je lui dirai : « Mère imprudente et inconséquente, voilà ce qui reste de la fille que vous aviez confiée aux Visages-Pâles, et sur laquelle devait veiller le Taureau-assis, comme sur la prunelle de ses yeux !» Puis, cette chevelure, je la réduirai en cendres, et cette cendre, je la ferai disperser par le vent du nord, afin d'appeler sur ton âme coupable la colère du Grand-Esprit...

— La colère du Grand-Esprit ne saurait m'atteindre, fit Suzon avec un accent d'héroïsme sublime, car je suis chrétienne, mon Dieu me protégera contre le tien...

— Ah ! tu es chrétienne !... c'en est trop !... tu braves ma colère !... Mais je ne plongerai pas dans ta poitrine mon poignard, ton supplice serait trop vite terminé. Je vais commencer par te scalper vivante... puis je verrai comment t'accommoder...

En ce moment le Tonnerre-qui-gronde était véritablement hideux de férocité. Ses yeux ne laissaient plus échapper de pleurs, mais ils lançaient de terribles éclairs ; sa bouche était en proie à un rictus convulsif, qui laissait voir toutes ses dents tranchantes, et lui écrasait en quelque sorte le nez ; sa peau avait perdu sa couleur cuivrée, et pris des teintes verdâtres qui semblaient n'avoir rien que de surnaturel. Il avait l'allure diabolique d'un démon vomi par l'enfer, et cependant Suzon ne tremblait pas. Elle était froide comme un marbre, tout à son amour pour Simonot, et à la couronne de martyr qu'elle entrevoyait comme suspendue au-dessus de sa tête. Car l'espérance d'échapper à la vengeance du Tonnerre-qui-gronde ne pouvait se présenter à la pauvre fille.

Tout d'un coup, au moment où l'Indien, après l'avoir saisie par la chevelure, approche le couteau fatal de son front, une détonation éclate, et le Tonnerre-qui-gronde lâche soudainement sa victime. Il est précipité à terre ; une balle de carabine, qui est entrée par la tempe gauche et sortie par la droite, après lui avoir labouré la cervelle de part en part, l'a instantanément foudroyé.

V

Un festin improvisé

Quand on est perdu au fond d'un abîme, sans autre guide qu'une boussole, et qu'on se trouve de plus dans un pays inconnu dont jamais la carte n'a été dressée, il est indispensable d'y voir excessivement clair. A plus forte raison a-t-on un besoin urgent de toute la lumière du soleil, lorsque l'on veut faire une exploration géologique. En conséquence, Simonot crut prudent de chercher un abri pour la nuit, d'y faire une collation et de dormir le mieux possible.

Il avisa donc un rapide escarpement dirigé du côté du sud, et qui conduisait à une espèce de caverne, où l'on dormirait aussi confortablement que jamais aucun de nos ancêtres de l'âge de pierre ne le fit dans l'excavation où il bravait les ours gigantesques de cette horrible période. Mais pour atteindre ce refuge, il fallait s'élever le long d'une roche, dont la pente était véritablement énorme. Elle était tellement voisine de la verticale, que la neige n'avait pu s'y attacher.

La perspective de faire une véritable inspection géologique se mariait donc, dans l'esprit de Simonot, avec celle de devenir un Troglodyte pendant une nuit. Il dit donc à Paul de se préparer à exécuter cette difficile ascension. L'opération fut commencée aussitôt que conçue, mais la pente était tellement raide, qu'il fallut plus de deux heures pour l'exécuter, quoiqu'il ne s'agît de s'élever que d'une hauteur de soixante à quatre-vingts mètres.

Au départ, Simonot marchait en tête et taillait des marches sur lesquelles Paul se tenait debout en s'appuyant d'une main sur son pic et soutenant son chef de l'autre. Après s'être élevé ainsi d'une vingtaine de mètres, Simonot, qui n'en pouvait plus, se décida à céder la tête à Paul et se reposer quelques instants.

Paul, qui était plus jeune et plus leste, n'avait pas besoin d'être soutenu ; il arriva, s'aidant de son pic et rampant, jusqu'à une petite plate-forme

naturelle sur laquelle il s'arc-bouta, après avoir
enfoncé son pic dans une fente de la roche qui
paraissait avoir été providentiellement disposée
pour qu'il put trouver le point d'appui indispensable.

Il jeta alors une corde à Simonot, qui s'en saisit avec beaucoup de dextérité et s'éleva jusqu'à
ses côtés en quelques instants, quoiqu'il ne fît pas
bien clair. Simonot crut reconnaître des traces de
charbon, et il mit dans sa gibecière, pour les examiner plus à son aise, quelques cailloux qu'il
parvint à détacher.

Le reste de l'ascension se fit assez facilement,
parce qu'il se trouva quelques arbrisseaux auxquels les deux grimpeurs s'accrochèrent. Mais
avant de s'endormir, Simonot qui était la prudence
même alluma une bougie et voulut inspecter la
grotte pour voir si elle n'était pas habitée par des
serpents. Il ne découvrit rien de suspect, mais il
s'aperçut qu'elle était très profonde, et du fond il
crut entendre sortir comme des gémissements
étouffés. Piqué par la curiosité, il allait s'enga-
ger dans ce dédale, lorsque Paul, qui avait écouté
avec une attention soutenue, lui dit de n'en rien
faire ; il était certain que ce bruit provenait
de quelque carribou, qui, tombé par accident,

s'était blessé et s'était traîné le plus loin possible
pour crever dans la galerie. Demain matin il serait
temps de s'emparer de la dépouille après l'avoir
lavée s'il en était besoin. La viande serait d'un
excellent secours, aussitôt que l'on aurait trouvé
quelques broussailles pour la faire rôtir. Il montra
à Simonot, sans avoir besoin de sortir de la
plate forme, des traces qui confirmaient cette
théorie. Comme Simonot était brisé de fatigue, il
remit volontiers au lendemain l'exécution du projet que Paul avait formé.

Après avoir puisé assez largement dans leurs
provisions et dans leurs gourdes, les deux explorateurs s'endormirent profondément, et firent
même des rêves agréables, peut-être à cause de
la dureté de la couche sur laquelle ils reposaient.

Paul fut celui qui se réveilla le premier, et conformément à la promesse qu'il avait faite la veille
au soir, il secoua énergiquement Simonot. Il
faisait grand jour, et le soleil donnait en plein sur
la roche dans laquelle la grotte se trouvait creusée
par un caprice de la nature.

Dès qu'il eut jeté les yeux sur le paysage qui
l'entourait, Simonot poussa un cri de joie. Cette
caverne avait été pratiquée par un hasard qu'il
était malaisé de définir. La théorie la plus probable,

celle que Simonot accepta, était très simple. Deux
couches superposées ayant obéi inégalement à un
soulèvement de la chaîne, il s'était produit à leur
point de contact un déchirement. Ce qu'il y avait
de remarquable, ce n'était pas tant la grotte, que
les objets naturels au milieu desquels elle se trouvait ; elle était de toute part environnée de ces
roches magnifiques semi-transparentes que l'on
nomme serpentines et que leur belle couleur ver-
dâtre, à laquelle elles doivent incontestablement
leur nom, permet d'employer comme matériaux
de choix, dans des constructions d'un luxe sévère,
riche et élégant à la fois.

Mais ce qui rendait cette découverte particu-
lièrement heureuse, c'est que cette serpentine
était veinée d'une substance blanchâtre et soyeuse
qui n'était autre que de la magnifique amiante de
qualité supérieure, et qu'on ne trouve nulle part
ailleurs qu'au Canada.

Cette fibre minérale flexible, parfaitement infu-
sible, est déjà utilisée à une foule d'usages
industriels. On s'en sert déjà pour tisser l'uni-
forme des pompiers, pour former des décors réellement incombustibles, pour fabriquer des linceuls
dans lesquels on peut envelopper les morts
lors de leur incinération, comme le faisaient les

anciens, et qui dispenseront d'avoir recours à ces hideux fours crématoires.

Cette soie, encore plus isolante que celle du bombix et aussi facile à employer, peut servir à isoler les fils conducteurs, dans les courants destinés à l'éclairage des maisons. Si son usage était plus répandu, l'on n'aurait point à déplorer tant d'accidents terribles, qui iront en se multipliant avec les progrès de l'électricité, aussi longtemps qu'on mettra en contact les fils de cuivre avec des matériaux isolants si susceptibles de prendre feu, comme la soie et le caoutchouc.

Actuellement on ne consomme pas moins de 2500 tonnes par an d'amiante, rien qu'en France, et cette substance précieuse ne vaut pas plus de 60 à 80 centimes le kilo à l'état brut. Malheureusement la façon, superflue avec les belles espèces soyeuses comme celle dont Simonot venait de faire la découverte, en augmentait le prix d'une façon souvent prohibitive.

Les puissantes assises de serpentine, au milieu desquelles était parvenu Simonot, promettaient une moisson inépuisable d'une substance véritablement inappréciable, qui n'a que le défaut de n'être ni assez connue ni assez exploitée, et qui, en réalité, est plus précieuse peut-être pour l'électri-

cien que le caoutchouc lui-même. De plus, les
rayons du soleil qui éclairaient cette découverte
montraient que les échantillons recueillis la veille,
au cours de l'ascension, étaient bien formés par un
excellent charbon, une houille grasse, de première
qualité.

L'observation que Simonot avait cru faire en
descendant dans le fond du grand abîme se trouvait donc confirmée de la façon la plus brillante,
et l'on peut dire, la plus inattendue. Mais cette
confirmation se produisait dans des conditions
singulières, réclamant de nouvelles recherches.

En effet, l'ensemble des **travaux** exécutés par les
géologues depuis que cette belle science a été créée
montre que la serpentine, dont Simonot venait
de découvrir les assises les plus puissantes qui
soient encore connues, appartient à l'époque la
plus ancienne des terrains stratifiés. Les couches
se sont formées immédiatement après les terrains primitifs dans lesquels on n'a jamais décou-
vert les moindres traces de vie animale. C'est
dans des assises de serpentine, que l'on a décou-
vert les restes de l'*Eozoon Canadense*, la forme
des vertébrés la plus primitive que l'on connaisse.
Pour que ces puissantes assises aient été mises à
jour, il faut que, lors de l'apparition du Dôme,

l'écorce de la terre ait subi un incroyable effort de dislocation. Les couches carbonifères qui se sont déposées à une époque ultérieure ont donc été bouleversées, redressées et probablement profondément enfouies. Il en résulte qu'il faut un travail pénible pour retrouver, au milieu de ce chaos, les couches dont l'exploitation vaut la peine d'être tentée surtout dans un climat si rigoureux !...

La recherche n'était pas terminée, mais un pas considérable avait été fait, et Simonot pouvait concevoir les plus brillantes espérances, pour la suite de son exploration.

Avant de descendre de la caverne, on la visita jusqu'au bout. Elle avait plus de cent mètres de longueur, et était très large, très haute et très vaste. Partout, à la lueur de la bougie, on voyait scintiller des point brillants. C'étaient de magnifiques touffes d'amiante dont il aurait pu faire une magnifique récolte, valant un nombre considérable de dollars. Mais ce qu'il y avait de plus précieux, pour l'instant, c'était le carribou blessé, qui râlait encore et que Paul égorgea.

On attacha la carcasse au bout du cordeau fabriqué avec toutes les cordes que l'on possédait,

et on la descendit jusqu'au bas de l'escarpement.
Simonot improvisa une sorte de système qui permit de dégager le cordeau et de le remonter en
laissant le carribou à terre. Bientôt Simonot et
Paul, qui s'étaient laissés glisser d'une façon très
adroite, furent à côté de leur proie. Chemin
faisant ils avaient ramassé des brindilles et
arraché des plantes sèches.

Ils allumèrent donc un grand feu, qui leur fit
beaucoup de bien, et qui leur permit de faire
rôtir le meilleur morceau de l'animal, dépouillé
en un tour de main. La plus grande difficulté
fut de trouver une broche, mais Paul eut l'idée
géniale d'employer une branche de l'arbre qui
lui avait servi de pont.

Comme boisson ils eurent de la neige fondue,
qu'ils prirent la précaution d'aérer, et dans
laquelle ils trouvèrent moyen de faire infuser un
peu de thé.

Jamais, depuis qu'ils avaient quitté la tente
industrieuse et hospitalière des Lhomond, ils
n'avaient fait un repas aussi parfait et aussi
complet ; il ne leur manquait pas même le sucre,
le verre de whisky et des biscuits.

Les Brillat-Savarin, les Grimod de la Reynières,
les grands gastronomes qui s'épuisent en combi-

naisons pour réveiller l'appétit blasé des classes di-
rigeantes n'ont pas à leur disposition ce comdiment
suprême, qui se nomme la faim canine. Leurs dis-
ciples ne peuvent éprouver aucune de ces jouis-
sances que Paul et Simonot, égarés dans le fond
de l'abîme, ressentirent lorsqu'ils eurent terminé
un repas dégusté dans des circonstances si étran-
ges, et nous dirons même si alarmantes. Mais leur
courage avait subi déjà de trop dures épreuves
pour qu'ils pussent concevoir quelques appréhensions sérieuses, surtout après un si excellent
dîner.

VI

Les diamants noirs du Klondike

C'était quelque chose, que de s'être restauré d'une façon aussi brillante, mais ce n'était pas tout ; il fallait s'orienter dans ce dédale et ne point y séjourner trop longtemps, car le soleil commençait à chauffer, et déjà on entendait les cascades qui commençaient à gazouiller.

Pendant le temps qu'il avait passé dans sa caverne, Simonot avait jeté un regard d'ensemble sur le pays qui se déroulait devant lui ; quoique sommaire, cette inspection lui avait déjà donné certains résultats. Il s'était confirmé dans l'idée fort juste que c'était du côté du sud-est que devait se trouver le défilé qu'il cherchait.

Quoique insuffisante, cette indication lui fut fort précieuse, parce qu'il pût la compléter par celle que lui donnait son oreille. En effet, en écoutant avec soin le bruit des cascades, il parvint à discerner que c'était bien dans cette direction que les sons étaient le plus fournis ; c'était de ce côté qu'il devait diriger ses pas.

Il était près de midi lorsque l'on se mit en route. Afin de diminuer les chances d'accidents, Simonot eut l'excellente idée d'employer la méthode des grimpeurs, et de s'attacher par une corde à Paul, de sorte que si l'un des voyageurs glissait, son camarade était toujours en mesure de le retenir sur le bord de l'abîme qui s'était ouvert sous ses pieds.

Il n'y avait pas une heure que l'on était parti, quand Paul, qui marchait en tête, faillit tomber dans une crevasse, parce que le pont de neige sur lequel il passait s'ouvrit sous ses pieds.

Simonot qui avait vu venir le choc s'appuya vigoureusement sur son pic et fut inébranlable comme un roc. La crevasse était très étroite, Paul put s'en tirer, grâce à l'appui que lui donnèrent les muscles de Simonot.

Il se trouva bientôt remis en pied sur la neige, averti par cette secousse de la fragilité du sol

sur lequel il marchait. Aussi, grâce à l'attention
minutieuse qu'il mit dès lors à surveiller chacun
de ses mouvements, il s'en tira sans nouvel accident ; mais à deux reprises, il aurait glissé comme
la première fois, et dans des conditions plus dange-
reuses, s'il n'avait pris la précaution de sonder
avec un bâton ferré tous les endroits suspects où
il était obligé de placer le pied. Cette prudence
ralentit sensiblement la marche des deux voyageurs.

Simonot et Paul mirent près de trois heures à
parcourir cette plaine, qui était légèrement en
pente et que coupaient de temps à autre des
crevasses disposées dans tous les sens, et qui
semblaient n'avoir aucun ordre apparent.

Mais en réalité ces fentes étaient disposées d'une
façon assez régulière dont Simonot avait trouvé la
clé, et qu'il ne perdit jamais un seul instant de
vue malgré le nombre considérable de détours qu'il
fut nécessaire de faire, pour éviter les précipices
que l'on rencontrait.

La neige, qui couvrait complètement le sol,
était sèche en apparence et élastique. Elle cédait
sous les pieds comme aurait fait un tapis de
mousse. Ce singulier effet était produit par l'eau
provenant de la fusion de la surface sur laquelle

tombaient les rayons solaires. Cette eau était fort abondante, parce que l'époque du réveil de la nature était à peu près arrivée, et toute la masse cristalline était en quelque sorte minée.

Le soleil se trouvait encore à une assez grande hauteur au-dessus de l'horizon, lorsque les voyageurs arrivèrent à la gorge que Simonot recherchait avec un soin minutieux, et qu'il avait découverte avec tant de talent. Il semblait donc que tout fut à peu près terminé, et qu'il n'y avait plus, en quelque sorte, qu'à marcher droit devant soi, pour arriver sur les bords de la rivière Indienne et gagner tranquillement les bords du Yukon.

Dans la dernière heure, on n'avait pas rencontré de crevasses, mais un autre genre de difficultés survenait. Le vent avait entassé dans cette gorge, dont la pente était très raide, une masse énorme de neige, qui n'était pas tassée et dans laquelle on enfonçait jusqu'au ventre. Il y avait à craindre d'être englouti dans le triomphe : c'est-à-dire au moment de sortir de l'abime que l'on avait bravé.

La gorge était comme encaissée entre deux hautes murailles ; celle de l'ouest était formée par une roche assez friable, le long de laquelle il y avait comme un chemin déjà tracé par la nature, et qu'il suffisait de compléter ou de rectifier.

Simonot décida qu'on se glisserait le long du côteau, de manière à suivre ce sentier providentiel. Le mauvais pas n'avait guère qu'un kilomètre de longueur, de sorte qu'on devait le franchir avant la nuit.

Après avoir fait une collation sérieuse avec les bons morceaux du carribou, qu'on avait eu la précaution de faire rôtir, dans la halte du matin, les deux voyageurs se mirent en devoir d'exécuter ce plan ingénieux.

Au moment où ils allaient partir, ils virent une bande d'ours qui se promenaient le long de la muraille de rochers qui leur faisait face.

Paul voulait s'amuser à leur envoyer des balles, mais Simonot s'y opposa.

—Ces gaillards-là vont sans doute se régaler avec les entrailles, la tête et les bas morceaux du carribou, que nous avons laissés à l'endroit où nous avons déjeuné. C'est nous qui les avons invités... Laissons-les aller à leurs affaires, il faut bien que tout le monde vive... nous les retrouverons une autre fois... Aujourd'hui nous pourrions facilement les tuer, mais à quoi bon, nous ne pourrions les ramasser.

Un membre de la Société protectrice des animaux ne manquerait pas de soutenir que Simonot fut bientôt récompensé du sentiment d'humanité dont il avait fait preuve vis-à-vis des plantigrades. En effet, il ne tarda point à trouver ce qu'il cherchait, et même mieux qu'il ne cherchait.

En manœuvrant son pic pour détacher un quartier de rocher qui l'empêchait de passer, il mit à jour un feuillet de schiste dans une partie bitumineuse de couleur noirâtre très foncée, qui attira forcément son attention.

— Peut-être y a-t-il en cet endroit quelque chose d'intéressant pour nous : il faudrait nous arranger pour passer la nuit dans le voisinage, dit-il à Paul; la nuit n'est pas longue, si nous trouvions seulement un carré de terre ou de rocher pour nous y installer, nous pourrions bien dormir; nous ne devons pas être difficiles. Du reste, si nous marchons toujours jusqu'à ce qu'il ne fasse plus clair, Dieu sait où nous serons forcé de nous arrêter.

— Je crois que j'ai notre affaire, dit Paul, après avoir regardé pendant quelques minutes.

Et il montra à Simonot un roc qui se trouvait à quelque distance et paraissait abriter une petite plate-forme, comme l'aurait fait une sorte de toit.

— C'est bien possible, dit Simonot, mais je ne vois pas assez bien, à la distance où nous sommes. Si vous y alliez voir, car je suis un peu fatigué. Dans

le cas où le chemin serait trop difficile, vous ne
chercherez point à y parvenir et vous rebrousserez
chemin. Si cet abri tient ce qu'il paraît nous
promettre, vous me ferez signe, et j'irai vous joindre.
Soyez sans inquiétude, je ne serai pas long à vous
atteindre, et je passerai parfaitement tout seul
partout où vous aurez passé... Mais je ne peux
me dispenser de prendre un instant de repos.

Paul partit, et en moins d'un quart d'heure, il
était en haut de l'escarpement.

La route était facile, et grâce à quelques coups
de pioche, donnés çà et là, il l'avait rendue très
praticable.

Dès qu'il fut arrivé, Paul agita sa couverture,
conformément à ce qui avait été convenu pour
avertir que Simonot devait l'imiter.

Quoiqu'un peu moins leste, Simonot ne mit pas
plus de temps à faire la route, grâce aux améliora-
tions qu'elle venait de recevoir. Il faisait encore
assez de jour pendant que les deux voyageurs pro-
cédaient aux préparatifs du repas. Des herbes
sèches et des racines se trouvaient dans le voisinage ; ils s'en furent bientôt emparés pour allumer
un bon feu, pour se réchauffer, faire fondre de la
neige et bouillir de l'eau pour leur thé. Quant à la
viande, ils la mangèrent froide de grand cœur ; ils

se régalèrent encore une fois aux dépens de ce brave carribou, qui avait en l'idée heureuse de venir crever à leur portée.

Ce nouveau repas fut beaucoup plus gai que le précédent. En effet, les voyageurs avaient accompli une excellente étape, et ils étaient maintenant assurés d'atteindre la rivière Indienne, vers laquelle ils se dirigeaient.

Pendant la nuit, il s'éleva une tempête de neige qui ne les troubla point, parce que leur gîte avait été choisi avec soin, et qu'ils se trouvaient parfaitement abrités.

Lorsqu'ils se réveillèrent, à la pointe du jour, la neige tombait encore à gros flocons et tellement épaisse, qu'il n'y avait point à songer à quitter l'abri dans lequel ils se trouvaient. Le pire, c'était que la passe allait sans doute devenir impraticable aussi longtemps que cette neige maudite, qui tombait si mal à propos, ne serait pas fondue. Mais comme il n'y avait rien à faire qu'à attendre la fin de la tourmente, Simonot profita de ce repos forcé pour examiner les environs de l'abri sous lequel il se trouvait si malencontreusement cerné.

Le terrain était composé de schistes analogues à ceux qui avoisinent les couches carbonifères. A l'aide de quelques coups de pioche, Simonot détacha des

plantes fossiles analogues à celles qui donnent
naissance à la houille.

Ces débuts l'encouragèrent, et en se faisant aider
par Paul, qui suivit très intelligemment ses pres-
criptions, il ne tarda pas à avoir pratiqué une
excavation de quelques mètres dans le sens de la
stratification.

Pendant les premiers mètres, Simonot n'obtint
aucun résultat, mais il ne lâcha pas prise et il continua à piocher avec tant d'ardeur, qu'il ne sentait
même pas les aiguillons de la faim. En effet, plus
il s'enfonçait dans le sol, plus il trouvait des marques
évidentes de la proximité d'une veine puissante.

Quoique Paul éprouvât un fantastique besoin de
manger, il n'osait demander de s'arrêter à Simonot,
dont il partageait jusqu'à un certain point l'enthousiasme, quoiqu'à un bien moindre degré. Car
il ne comprenait que vaguement les raisons qui
excitaient son chef à travailler avec tant d'ardeur
qu'il ne sentait pas le besoin de manger.

Il était déjà près de onze heures lorsque Simonot
s'arrêta en s'écriant :

— *Elle est là* !... Je la tiens !... La voilà !...

En effet, d'un coup de pioche il détacha un bloc
d'excellent charbon.

— Nous pouvons maintenant déjeuner, s'écria-t-il d'un air inspiré ! Notre fortune est faite... non seulement la nôtre, mais celle de ces régions. La couche a une profondeur telle, qu'elle est parfaitement exploitable... elle est en position naturelle, et elle doit se prolonger fort loin en plongeant dans les profondeurs de la terre... Nous ne sommes pas très éloignés de la rivière Indienne, par laquelle on pourra organiser l'exploitation !

Après être rentré pendant quelques instants dans son excavation, il revint à l'embouchure de la galerie, rapportant assez de houille pour allumer un bon feu, qui donna une chaleur bien plus sérieuse que les branchages de la veille, et autour duquel eut lieu le déjeuner.

La neige continuait à tomber aussi dru que le matin, et l'on ne savait pas jusqu'à quand cette chute allait durer.

Mais elle ne diminuait point l'enthousiasme de Simonot, qui la regardait tomber avec pitié.

— Neige maudite, disait-il en s'adressant à elle, comme si elle pouvait l'entendre, neige maudite, tombe tant que tu voudras, tu ne nous empêcheras pas maintenant d'arriver à la rivière Indienne, et tu ne nous engloutiras point avec notre secret.

Cette interpellation directe à un objet inanimé ayant calmé un peu son exaltation, Simonot s'assit auprès du feu qu'alimentait sa houille, et qu'il s'amusait à activer en donnant de l'air avec le bout de son pic.

Lorsqu'il eut assez longtemps regardé cette flamme légère et brillante, constaté que du sein de sa houille sortaient des jets de gaz enflammé, et qu'il n'y avait que très peu de cendres sur le rocher, il s'adressa à Simonot, qui le contemplait avec un muet étonnement, voisin de l'adoration.

— Dans le Transvaal, dit-il, on possède des mines d'or, qui sont aussi riches peut-être que celles de ce pays, mais jusqu'ici l'on n'a trouvé d'autre houille que les diamants de Kimberley. Ces diamants ne servent qu'à gratifier l'orgueil, puisque pour les brûler on doit les renfermer dans des moufles et les plonger dans l'oxigène pur. J'aime mieux les diamants noirs du Klondike, ceux que je viens de découvrir, que tous ceux de Kimberley... On n'aura pas besoin de renfermer dans des bagnes les travailleurs qui les extrairont. Même dans ces régions éloignées ils trouveront l'abondance et la liberté !

Simonot avait raison sur ce dernier point, car l'exploitation des diamants de l'Afrique australe entraine à prendre, contre les ouvriers, des mesures d'une rigueur excessive. On les met en prison afin d'éviter qu'ils ne s'emparent pas des pierres précieuses qu'ils trouvent dans le lavage des rochers bocardés. Mais il se trompait, en ce sens que la présence de mines de houille et de mines abondantes dans des terrains aurifères, ou dans le voisinage de terrains aurifères, n'est point un privilège exclusif du Klondike; elle a été constatée au Transvaal, où d'importantes mines de houille ont en pleine exploitation.

Mais au moment où Simonot venait de faire sa grande découverte, ces circonstances étaient encore inconnues de l'Europe, sinon de l'Angleterre: ainsi s'explique les réflexions qu'on a lues plus haut.

VII

Providence ou Hasard!

La neige n'est pas seulement abominable
pendant qu'elle tombe, mais aussi pendant qu'elle
fond. Il est aussi désagréable, et presqu'aussi
dangereux de la voir partir, que de la voir
arriver, puis ce qu'il y a de pis que l'averse
et que le dégel, c'est une sensation d'alterna-
tives de chutes et de fontes, se succèdant d'une
façon désordonnée.

Malgré leur habileté et leur résolution, Simonot et Paul restèrent bloqués pendant plusieurs
jours, sans quitter la galerie que Simonot avait
commencé à creuser, et que, dans son désœu-
vrement, il continuait à approfondir. Car la lutte
des éléments ne s'était point arrêtée pendant un
seul instant.

Le charbon était abondant, excellent, rivalisant avec le meilleur Newcastle. Rien n'empêchait de se donner le luxe d'allumer un feu d'enfer, et les deux reclus ne s'en privaient pas; nuit et jour la houille flambait. Tantôt Paul, tantôt Simonot entretenaient la flamme avec un zèle dont des vestales auraient été jalouses. Dans toute l'étendue de la galerie régnait une douce chaleur; mais si le combustible abondait, les vivres étaient d'une rareté désespérante. Petit à petit ils disparaissaient.

Il y a un proverbe qui dit: *qui dort dîne*, proverbe auquel, pour notre part, nous pouvons rendre hommage. Mais personne n'a eu l'idée d'ajouter : *qui se chauffe bien en fait autant.*

Il est vrai, la chaleur empêche la faim de terrasser l'organisme et d'amener la mort par l'engourdissement qui collabore avec le froid. Mais si la lutte se prolonge pendant beaucoup plus longtemps, elle est beaucoup plus douloureuse à supporter.

La sensibilité étant tenue en éveil par le calorique, le malheureux qui est privé de nourriture ne perd aucune des sensations épouvantables qu'occasionnent les spasmes de l'estomac. Il ne ressent que plus terriblement la morsure de ce

vautour intérieur, dont le bec est plus acéré, que
celui de l'oiseau de Prométhée.

Aussi longtemps que Simonot eût de quoi se
mettre sous la dent, il continua le travail de
mineur auquel il se livrait avec une ardeur
croissante. Mais quand la période du jeûne
forcé commença, il prit place auprès du foyer
sans faire autre chose que de l'alimenter et de
méditer sur la mauvaise fortune qui le clouait
ainsi. Il jetait un œil mélancolique sur les
environs, se levant de temps en temps pour voir
si la passe se dégageait et si l'on pouvait raisonnablement tenter de la forcer.

Paul gardait le silence, mais sondant la montagne, la neige du ravin, il cherchait si quelque
proie ne se présentait point...

Que de fois sa main fébrile se précipita sur sa
carabine et la lâcha avec dégout et découragement !

Ses yeux avides l'avaient trompé... aucun
être vivant ne passait à portée... Tous les animaux habitant la montagne restaient tapis dans
la tanière où ils devaient dormir pendant tout
l'hiver, et le proverbe est bien fait pour eux.
En effet, ils dinent aux dépens de la graisse
accumulée pendant l'été. Le ciel était désert,

aucun oiseau ne le traversait ; ceux qui reviennent périodiquement sous le ciel polaire se servaient de leurs ailes pour évoluer sous des climats plus doux. Ces êtres gracieux, heureux rivaux d'Andrée, pour lesquels le Pôle n'a plus de mystère, ne s'étaient point encore montrés !

Les deux braves chercheurs d'or étaient assis côte à côte, sombres, muets, et pour la première fois accessibles tous deux au découragement. L'un et l'autre commençaient à désespérer. Avoir accompli de telles merveilles et les voir inutiles, se sentir périr à petit feu au milieu de ces neiges, de ces glaces et de ces inondations ! Périr, en ayant le secret de découvertes inestimables, permettant de donner au Klondike tout ce qui lui manquait !

Ils songeaient à leurs familles, à leurs amis, à leurs foyers lointains ! Le passé et l'avenir prenaient des proportions lugubres, et rendaient mille fois plus cuisantes les tortures du présent ! Dans ces situations désespérées où l'homme n'est plus qu'un élément inerte entre les mains du destin, l'imagination n'est plus qu'un présent funeste, et le génie lui-même une malédiction !

Si Simonot avait eu un baromètre, il aurait pu, en suivant les mouvements désordonnés de l'aiguille, se rendre compte de la manière dont les oscillations diminuaient de nombre et d'intensité.

Il aurait vu que le vent avait une tendance à se fixer dans la direction du sud, avant même que le changement se fut produit.

Mais comme il était réduit à consulter ses impressions physiques, il ne put constater ce résultat que lorsqu'il se fut accompli.

Le vent du sud souffla définitivement en tempête avec une impétuosité telle, qu'il ne perdait point, en chemin, la chaleur des régions méridionales : aussi son effet sur les neiges nouvelles, qui n'avaient été ni gelées, ni tassées, et qui encombraient la vallée, fut-il formidable.

— Nous aurons à rencontrer des torrents d'eau glacée, dit Simonot, il nous faudra les passer à gué... nous aurons encore bien des obstacles à vaincre. Mais sortons de notre tanière, dirigeons-nous vers la vallée, espérons que notre fortune nous fera rencontrer quelque ours blanc, ou au moins quelque renard bleu.

Paul obéit comme un automate et sans proférer une parole. Plus jeune, il était plus cruellement éprouvé par la faim. A peine s'il pouvait se traîner, et ses yeux troublés par des hallucinations terribles, sans cesse renouvelées, avaient une peine infinie à lui être utiles.

Malgré les douleurs et le trouble que lui-même il ressentait, Simonot fut obligé de le guider, de le soutenir ; pour qu'il pût descendre, ou mieux, se traîner le long de la pente qu'il avait escaladée si lestement.

La physionomie du paysage avait été si complètement modifiée que Simonot eut beaucoup de peine à retrouver la route qu'il fallait suivre pour atteindre le salut...

Le torrent d'eau glacée, qui était tombé du haut de la montagne, comme une trombe, avait été rejoindre le Klondike en bouleversant sur son passage l'entrée de la gorge. Il y avait laissé une série de banquises entremêlées de roches et de graviers, qu'il fallait prendre d'assaut les unes après les autres.

De temps en temps les deux voyageurs traversaient de petites rivières de largeur irrégulière et de profondeur variable qu'ils pouvaient toujours franchir à gué, mais en entrant dans l'eau jusqu'au jarret.

Chacun de ces accidents de terrain nécessitait de nouveaux efforts, auxquels Paul n'aurait certainement point été capable de se livrer sans l'assistance de Simonot qui se multipliait, mais en même temps s'épuisait.

Mais bientôt lui-même, le plus robuste peut-être de tous les chercheurs d'or, finit par être dompté. Ce n'est pas que la température fut en réalité très basse — elle était assez voisine de zéro — mais l'air était d'une humidité telle, qu'il enlevait toute la chaleur vitale, la maigre dose de calorique que peut produire l'organisme soumis à un jeûne assez prolongé pour troubler l'équilibre des fonctions cérébrales !

Après avoir franchi la passe encombrée de tous ces débris, on arrivait à une vaste plaine, qui s'étendait à perte de vue jusqu'au cours du Yukon ; on voyait d'un seul coup d'œil tout le cours de la rivière Indienne jusqu'à son confluent avec le fleuve géant.

Mais Simonot n'avait pas la force de se rendre compte de la beauté de ce spectacle sublime.

Il ne s'était même point aperçu qu'il y avait dans le voisinage, à quelques centaines de pas, une tente d'Indiens.

Il s'était assis, ou plutôt affaissé, à côté de Paul sur un morceau de basalte ressemblant à un socle de colonne, qui paraissait avoir été taillé par quelque artiste géant, tant il était colossal et régulier.

Ses yeux s'étaient fermés, sans doute pour ne plus se rouvrir, car il ne souffrait plus. Il était comme stupéfié, comme engourdi ; il n'avait plus la conscience du monde extérieur, ni de son existence. Son âme était sur le point de s'envoler pour un monde meilleur, où sans doute le froid est complètement inconnu.

Tout d'un coup il sentit quelque chose de doux, de chaud, de réconfortant qui envahissait son intérieur, qui malgré lui pénétrait dans sa gorge et entrait dans son estomac.

Jamais il n'avait éprouvé de sensation aussi douce, aussi puissante à la fois... Ses yeux s'ouvrirent involontairement.

Le premier objet qu'il aperçut fut un vieillard, avec une longue barbe blanche, qui le regardait et paraissait attendre avec la plus vive impatience qu'il fit un signe de vie, qu'il commençât à respirer.

Ce vieillard portait sur sa poitrine une grande croix d'argent, retenue par un large ruban noir qu'il avait passé autour du cou. Il était vêtu de peaux ; ses yeux respiraient la douceur et l'intelligence.

C'était le Père Philippe qui l'avait recueilli et sauvé... A côté de lui se trouvait Paul, qui avait eu moins de mal à revenir à la vie, et qui était occupé à manger une bonne tartine de pemmican qu'il arrosait d'une énorme tasse de thé.

Simonot se trouvait sous la tente indienne, où il avait été transporté pendant son évanouissement.

Ce qui l'avait si agréablement rappelé à la vie, c'étaient quelques gorgées d'un excellent consommé, fabriqué avec des tablettes de bouillon et du tapioca, que le Père Philippe lui avait introduit dans la bouche, et qu'il avait avalées instinctivement.

Avant de lui adresser la parole, le Père Philippe lui mit entre les mains le bol qu'il tenait dans la sienne et qu'il se donna bien garde de lâcher complétement.

Il l'aida même à se redresser pour qu'il pût vider la tasse plus confortablement, ce qu'il fit jusqu'à la dernière goutte. Un sentiment en quelque sorte mécanique de joie délirante était peint sur sa figure, lorsqu'il remit le vase entre les mains du vieillard qui venait de le sauver.

— Maintenant, monsieur le philosophe, dit en souriant doucement le missionnaire, vous serez bien obligé de croire aux miracles... N'est-ce point

un miracle qui fait que je me suis trouvé là à
point nommé, dans une pareille solitude, pour
recueillir votre dernier soupir et l'arrêter sur vos
lèvres. Mais maintenant vous êtes sauvé, et bien
sauvé... Vous allez imiter votre ami, faire honneur
à cet excellent thé, à ce merveilleux pemmican,
et il n'y paraîtra pas... Demain matin nous parti-
rons pour le Klondike, où je pense que vous vous
rendez comme moi.

— Si vous voulez que ce soit un miracle, fit en
riant Simonot, qui avait retrouvé toute sa présence
d'esprit, je l'accepte bien volontiers, je ne veux pas
disputer avec mon sauveur! Sans cela je dirais
que votre rencontre n'est pas plus miraculeuse
que ne l'est le gain d'un quine à la loterie pour
un individu qui n'a pris qu'un numéro.

Le Père Philippe, qui n'était pas d'humeur à continuer la controverse, fit semblant de ne pas avoir
entendu la réplique et invita Simonot à continuer
le repas avec du pemmican.

Cette préparation, dont se servent les explorateurs des régions polaires, est à la fois très
agréable, très nutritive et très facile à digérer;
c'est un mélange de graisse et de viande, fait dans
des proportions fort habilement déterminées.

Simonot était trop bon physiologiste pour ne

pas savoir qu'il est très imprudent de se livrer à
un appétit désordonné lorsque l'on sort d'une
période de famine. Le Père Philippe n'eut pas
besoin de lui faire le signal d'arrêt.

— Je mangerais encore, je crois, jusqu'à demain,
si j'écoutais ma fringale, mais je m'en donnerai
bien garde ; je tiens trop à ménager mes forces,
car je veux arriver au Klondike le plus tôt possible,
et je ferai le voyage avec vous, puisque le hasard
veut que vous y alliez.

— Ce n'est pas le hasard, répliqua doucement le
Père Philippe... C'est le miracle qui continue, et
qui fait que nous voyagerons ensemble. En arrivant à Indian River, j'ai trouvé un ordre de mes
supérieurs qui m'ordonnait de m'y rendre pour
recevoir l'évêque d'Alaska, qui doit arriver bientôt par un des vapeurs du Yukon. Comme Mon-
seigneur n'est jamais venu dans le pays, il faut que
je lui donne les détails nécessaires pour l'admi-
nistration de son curieux diocèse. J'ai fait la route
avec ces braves gens, qui vont à Loose Town
avec des provisions, et qui ont l'intention de
travailler aux mines pendant la belle saison.

Ainsi que le désirait le Père, on se mit en marche
dès le lendemain, fort gaîment, car les deux chercheurs d'or étaient parfaitement rétablis.

Chemin faisant, Simonot mit le Père Philippe
émerveillé au courant des deux grandes découvertes
qu'il avait faites par *le plus grand des hasards*.

Le Père Philippe y voyait, au contraire, de plus
en plus le doigt de la Providence, et l'on discuta
avec acharnement ce point de philosophie pendant
toute la route, qui ne dura pas plus de trois
jours, quoique l'on eût à traverser un torrent que
le dégel avait grossi, et que les chiens eussent
beaucoup de mal à tirer les traîneaux, malgré le
concours que les hommes leur donnaient.

Il était temps que Simonot arrivât à Loose Town,
car c'était lui-même qui avait porté le coup
fatal au Tonnerre-qui-gronde. Avec la vue per-
çante d'un amoureux, il avait vu le danger que
courait Suzon, et l'avait sauvée par un coup de
feu dont la hardiesse était véritablement aussi
remarquable que réussie.

VIII

Un mariage et un enterrement

Nous ne nous chargerons pas de décrire la joie de Suzon, en voyant qu'elle avait échappé à son persécuteur, au moment même où la main du scélérat allait s'abattre sur elle, et sa satisfaction en constatant que son libérateur était précisément Simonot, l'homme qu'elle aimait éperdument, et pour lequel elle aurait sans hésitation tout sacrifié.

Simonot n'était ni moins ému, ni moins profondément touché.

— Cette fois, dit-il au Père Philippe, sans attendre que celui-ci l'interrogeât, je crois que le hasard n'est pour rien dans ce qui s'est passé... oui, mon Père, j'y vois, comme vous, le doigt de la Providence... et une indication de ce que j'ai à faire, ajouta-t-il, en regardant l'Indienne d'un air étrange.

Quoique Suzon ne comprit pas assez le français pour bien saisir ce qui se disait, elle était en quelque sorte au courant des pensées de Simonot, et avant qu'elles fussent formulées en paroles elle les avait devinées.

Poussée par un sentiment sublime et pur, elle s'était approchée du Père Philippe et s'était agenouillée à ses pieds comme pour implorer sa protection et le remercier de ce qui allait arriver.

— Oui, reprit Simonot, puisque vous êtes ici, mon père, profitons-en pour célébrer un mariage. Je veux épouser Suzon.

— Mais pour que je puisse célébrer cette cérémonie, il faut que la mariée soit chrétienne !

— Elle l'est, s'écria avec force madame Jeanne qui venait d'arriver et qui était encore tout essoufflée... elle l'est, car c'est moi qui, il y a huit jours, l'ai baptisée avec son consentement.

Lorsque Simonot eut embrassé Suzon, qui pâle d'émotion était sur le point de s'évanouir, et qu'il avait lui-même de la peine à soutenir le Père Philippe s'approcha de lui. Lors lui mettant la main sur l'épaule, il lui dit avec une certaine solennité :

516.

— Mon fils... bénissez l'Éternel qui a sauvé Suzon... Dieu, dont la miséricorde vient de vous faire gagner un nouveau quine à la loterie.

Simonot serra de nouveau Suzon sur sa poitrine et détourna la tête, mais ne répondit pas, et le Père Philippe voyant son silence, sourit doucement.

— Alors, très bien, tout est en règle, car pour marier nos néophytes, nous ne demandons jamais le consentement des parents, celui de leur père spirituel en tient lieu.

— Le Taureau-assis n'aura pas le mauvais goût de le refuser, car ce vieil Indien est un philosophe comme moi. Il croit que toutes les religions sont indifférentes, lorsque l'on est honnête. S'il vient en Europe, je le ferais affilier à ma loge du grand Orient, à celle de la clémente Amitié. En attendant, nous allons songer aux préparatifs de la noce... car il faudra bien festoyer un peu... Mais je m'aperçois que l'on n'a oublié qu'une chose, de demander le consentement de la mariée.

— Cette formalité n'est pas nécessaire, répliqua le Père Philippe, qui dit quelque chose à Suzon dans l'idiome des Pieds-Noirs.

Suzon ne répondit rien, mais pour réponse elle se jeta au cou de celui qu'elle adorait.

Alors, seulement, on songea à se débarrasser
du cadavre du Tonnerre-qui-gronde. On décida
de le porter dans un coin de Loose Town, où il
y avait déjà quelques Indiens d'ensevelis.

Afin d'éviter les explications et les commentaires, on crut bien faire de décider de plus qu'on
le porterait pendant la nuit. Évidemment cette
résolution n'était pas très adroite, parce que l'on
avait l'air de se cacher, et l'on se cachait en
réalité ; mais on le faisait, comme l'on dit, sans
malice, et personne ne soupçonnait que la ré-
serve dont on faisait preuve pût être exploitée.

Mais, si le Tonnerre-qui-gronde avait décou-
vert la tente des Lhomond, ce n'était pas le
hasard qui l'avait poussé. Il avait été averti par
Jollyman. L'astucieux Jollyman avait guidé chacun de ses mouvements. De loin, il avait assisté
à la scène dont il avait été le principal insti-
gateur. Aucun détail essentiel ne lui avait
échappé. L'on peut dire qu'elle s'était tout entière
passée devant lui.

Aussitôt après avoir vu tomber le Tonnerre-
qui-gronde et s'être assuré qu'il ne se relèverait
pas, il s'était rendu chez le magistrat, pour dénoncer le meurtre d'un Indien que les Lhomond
avaient traîtreusement attiré sous leur tente, afin

de le dépouiller des pépites qu'il avait sur lui,
puis il s'était rendu dans quelques salons, où il
avait répandu la grande nouvelle, en l'accompa-
gnant de quelques commentaires très adroits,
variant suivant les caractères de ses auditeurs,
et toujours de manière à les toucher personnel-
lement. Il s'était surtout répandu chez les Indiens
qu'il savait jaloux des Lhomond et du Taureau-
assis.

Sans que les Lhomond s'en doutassent, ils étaient
environnés d'un cercle de haine et de soup-
çons.

Pendant qu'ils songeaient à l'union de Simonot
et de Suzon, et que Mme Jeanne rendait grâce
au ciel de l'accomplissement d'un de ses vœux les
plus chers, un orage, un terrible orage, s'amonce-
lait contre eux.

Le jour allait bientôt finir et le crépuscule commençait déjà, lorsque un détachement de trois cavaliers de la police montée du Canada, commandé
par un sergent, se dirigea vers la demeure du magistrat entre les mains duquel tous les pouvoirs
sont concentrés à Dawson City.

En arrivant devant la maison, le sergent donna
son cheval à tenir à un de ses hommes, et il entra
rapide dans le domicile légal de la loi.

Au bout d'un quart d'heure, il sortit, tenant en main une feuille timbrée et signée.

C'était un mandat en règle de perquisition que l'on devait exercer dans la tente des Lhomond. Il s'agissait de s'assurer s'il s'y trouvait le cadavre d'un Indien assassiné d'un coup de feu à la tête, comme Jollyman l'avait annoncé dans sa dénonciation.

Dans un pays où la loi de Lynch règne en souveraine, où c'est même la seule souveraine qui règne réellement, les visites domiciliaires sont excessivement rares, et par conséquent, toutes les fois qu'elles se produisent, elles sont de nature à exciter vivement la curiosité publique.

La foule qui accompagnait la police montée, lorsqu'elle se rendit à la tente des Lhomond, était immense. Les désœuvrés étaient fort nombreux au moment du changement de saison, et il s'y était joint un grand nombre d'Indiens habitant Loose Town.

Cette multitude bigarrée était dans un état extrême d'animation et parfaitement convaincue de la culpabilité des gens chez qui la police se donnait la peine d'exécuter une opération. Il n'était question que de la nécessité de faire un exemple par un acte de justice sommaire. On ne parlait rien moins que de commencer par pendre les infortunés chez lesquels on se rendait, sauf à les laisser s'expliquer ensuite du mieux qu'ils le pourraient, comme disait facétieusement Jollyman, lequel semblait au comble de la joie.

Il parlait avec animation au sergent qui commandait le détachement.

Heureusement celui-ci était le sous-officier Hayes, qui avait rencontré les Lhomond au fort Selkick, les avait vus d'assez près, avait été touché des détails de leur vie patriarcale, calme, paisible et simple, et était par conséquent très peu disposé à les confondre avec de vulgaires assassins. Bien au contraire Jollyman lui était fort suspect et il le considérait comme ayant joué un rôle dans l'attentat dont Samuel Larder avait failli être victime; il le soupçonnait de plus d'être un agent secret des missions de Londres et de pousser à la haine des étrangers, surtout des Français.

Pendant que cet orage s'accumulait autour d'eux, les Lhomond avaient presque oublié la scène du meurtre; le cadavre du coupable était un objet encombrant, comme pouvaient l'être les ordures ménagères, et dont il fallait se débarrasser par salubrité. On était tout à la joie du mariage que le Père Philippe avait rapidement célébré, et l'on ne doutait nullement de l'approbation du Taureau-assis.

Le souper s'était prolongé plus longtemps que d'ordinaire, et les conversations avaient été des plus gaies. Chacun entrevoyait l'avenir sous les couleurs les plus brillantes.

Le Père Philippe lui-même avait quitté l'air mélancolique et doux qui lui était naturel; il semblait transformé par la vue du bonheur de Simonot, qui rayonnait et regardait avec ravissement celle qu'il venait d'épouser.

Elle n'avait pas fait de toilette et portait avec sa grâce habituelle son costume de tous les jours. Cependant Mme Jeanne avait tenu à lui placer sur la tête une couronne de fleurs blanches imitant assez bien les fleurs d'oranger, et qui retenait un voile blanc de mariée. Comment ces objets symboliques s'étaient-ils trouvés tout préparés dans les bagages de Mme Jeanne, c'est ce que celle-ci n'avait pas cru nécessaire d'expliquer, probablement parce que personne n'avait songé à le lui demander. Mais sur la tête de Suzon, ils faisaient véritablement un effet charmant, et le teint, d'un rose ardent, de la figure de la mariée ajoutait à ses charmes naturels.

Au milieu de la joie générale, ce fut Paul qui

se souvint qu'il fallait se débarrasser des restes du scélérat qui avait tenté d'assassiner Mᵐᵉ Simonot.

Il en fit la remarque à Simonot, après avoir pris la précaution de s'exprimer à voix basse.

— Vous avez raison, dit également à mi-voix Simonot, mais il n'est pas nécessaire de déranger tout le monde pour cette corvée. Vous pouvez très bien vous en acquitter en prenant quelqu'un pour vous aider. Vous n'avez qu'à ficeler le cadavre sur un bâton que vous porterez à l'épaule. Quant à la fosse, il y en a toujours de creusées d'avance dans le cimetière indien. En conséquence vous n'aurez qu'à prendre deux pelles pour rejeter dans le trou la terre qu'on a laissée autour. Partez, ne dites rien, et surtout prenez garde que le Père Philippe ne vous voie, sans cela il voudrait être de la partie afin de réciter quelques *Oremus* ; le brave homme ne perdrait pas une si belle occasion !

Paul esquissa un sourire, et après avoir dit quelques mots à l'oreille d'un de ses frères, il s'esquiva sans bruit ; celui-ci fit de même, et la sortie des deux convives ne produisit aucune espèce de sensation, personne n'y porta attention.

Les deux jeunes gens suivirent sans bruit les instructions que Simonot leur avait données. En quelques minutes le cadavre était serré dans son linceul et attaché sur un bâton. Le bâton était mis à l'épaule et les deux porteurs, armés chacun d'une pelle, se dirigeaient vers la sortie.

Mais à peine avait-il mis le pied dehors, qu'ils se trouvaient enveloppés d'une multitude qui arrivait, portant des torches et des falots.

Le tumulte qui était déjà grand devint effrayant lorsqu'on vit les deux frères et l'objet qu'ils portaient.

C'est à grand'peine que les trois hommes de la police purent arrêter le tumulte et empêcher que l'on n'accrochât sans autre forme de procès, aux pièces de bois qui soutenaient la porte, les porteurs de ce lugubre fardeau.

Jollyman avait beau jeu pour exciter la colère des gens grossiers et crédules qui l'entouraient.

— Qu'est-il besoin, disait-il, de formalités judiciaires ! Nous tenons les assassins, ils ont en main le cadavre de leur victime, ils allaient profiter des ténèbres pour le faire disparaître en l'enterrant clandestinement ! A mort, à mort sur le champ !

— A mort, à mort ! répétait le chœur des assistants.

Le tapage était tellement formidable, que malgré l'entrain avec lequel les membres de la famille

Lhomond terminaient leur petite fête, ils entendirent le tapage qui se faisait si près d'eux et à leur intention.

Ils se levèrent brusquement de table pour voir ce qui se passait, mais sans aucune inquiétude personnelle, car ils ne pouvaient se douter que cet orage s'était en réalité déchaîné contre eux, et que leur vie même se trouvait sérieusement menacée par un soulèvement de la population flottante de Dawson City et de Loose Town.

Mais ils n'eurent besoin d'interroger personne pour deviner la cause de ce tumulte, car dès qu'ils parurent, les vociférations prirent des proportions effrayantes, surtout lorsque l'on vit sortir de la tente Suzon avec sa toilette de mariée.

Un instant on put croire que les cavaliers de la police allaient être débordés... Ils l'auraient été évidemment, et tous les membres de la famille Lhomond auraient été mis en pièces, si le Père Philippe dont la robe imposait le respect ne les avait secondés avec une admirable énergie.

IX

Une arrestation inattendue

Dès que l'œil vigilant et scrutateur de Simonot
eut aperçu Jollyman, qui se donnait un mouvement
de tous les diables et paraissait le grand meneur de ce soulèvement populaire, le jeune Français comprit ce qui était arrivé. Il se rendit
compte de l'iminence du danger qui le menaçait
et de la nécessité d'agir avec vigueur et résolution. Quoique l'animation de cette foule aveugle et
passionnée parût surtout exaspérée contre lui, il
monta sur une barrique qui se trouvait là par
hasard, et il commença à haranguer la multitude. Mais les clameurs ne tardèrent pas à cou-
vrir sa voix de telle façon, que les perturbateurs
qui étaient le plus de près lui pouvaient à peine
entendre.

Il avait beau hurler à perte d'haleine, il ne produisait d'autre résultat que d'exaspérer ses auditeurs. Il était perdu, il le sentit, et dans un moment de découragement, il sauta à terre, bien décidé à vendre chèrement sa vie et à ne pas succomber sans avoir fait payer cher son trépas à quelques-uns de ses agresseurs.

Mais le Père Philippe s'empressa de prendre sa place avec une agilité dont on n'aurait pas cru qu'un homme de son âge fut capable.

Son arrivée produisit un moment de silence dont il profita très habilement pour calmer son auditoire. Son éloquence naturelle et le respect que l'on avait pour sa robe aidant, il fut écouté jusqu'au bout de sa harangue, qui était des plus vibrantes et des plus touchantes.

— A quel sentiment soudain obéissez-vous ?... Vous vous avisez tout d'un coup de demander de l'ordre et de la régularité dans un pays où tout se fait de la façon la plus désordonnée et la plus irrégulière, où la vie humaine compte pour si peu de chose !... Qu'importe la manière dont on se débarrasse de la dépouille d'un scélérat, qui aurait commis un crime infâme si la Providence n'avait permis de le frapper.

Jollyman et quelques-uns de ses adhérents les

plus fanatiques, qui étaient groupés autour de lui, eurent l'imprudence d'interrompre le Père Philippe par de bruyantes protestations.

Cette explosion souleva un grand tumulte. Une douzaine de Canadiens qui étaient près d'eux se précipitèrent pour faire taire les braillards. Les Canadiens furent appuyés par les cavaliers de la police, et voyant qu'ils allaient avoir le dessous, car la foule voulait entendre ce que le Père allait dire, les complices de Jollyman prirent le parti de se taire et d'écouter.

Le Père Philippe, qui était en réalité un véritable orateur, ne négligea pas de tirer parti de cet incident. Il s'éleva avec une éloquence entraînante contre les hommes qui prennent le moindre prétexte pour créer de nouvelles agitations, et qui, sous prétexte de réprimer des crimes, en commettent tous les jours de nouveaux.

Puis il donna un récit rapide et suffisamment circonstancié de la manière dont le Tonnerre-qui-gronde avait été frappé au moment où il allait frapper la jeune Indienne, pour la punir d'avoir ouvert les yeux aux vérités de la foi chrétienne et d'avoir donné son cœur à un jeune Français.

Jollyman qui écumait de rage voulut revenir

à la charge. Il accusa avec violence Simonot de
séduction. Il commençait à raconter les fian-
çailles de Suzon avec le Tonnerre-qui-gronde,
lorsqu'il se fit un grand bruit.

Le Taureau-assis, qui depuis trois semaines
n'était pas revenu à la tente des Lhomond, avait
appris par le plus grand des hasards ce qui se
passait. Il s'était immédiatement mis en route, et
il arrivait avec quelques amis.

— C'est moi, dit-il, c'est moi, le père de Suzon.
Je ne suis pas chrétien, je ne serais jamais chrétien... Je respecte le Dieu des Visages-Pâles, et
il ne sera jamais le mien. Je ne veux pas perdre
mon droit de chasser, après la mort, dans les terres
du Grand-Esprit. Mais je dois déclarer que jamais
Suzon n'avait promis au Tonnerre-qui-gronde de
devenir sa femme; c'est un projet que j'avais formé
sans la consulter, et auquel j'ai renoncé moi-même
lorsque j'ai connu Simonot. Elle a bien fait de
prendre la religion de son mari; elle a bien fait de
choisir un tel mari. Je n'ai qu'à l'en féliciter.

Le Taureau-assis parlait assez mal l'anglais, et
son discours était mélangé de mots français, ainsi
que de termes empruntés à la langue des Pieds-
Noirs.

Cependant, à sa mimique, on comprenait à

peu près ce qu'il voulait dire : toutefois son discours fut loin de produire l'effet que le brave Indien en attendait.

Jollyman s'en aperçut, et il reprit la parole avec une extrême violence. S'adressant aux cavaliers de la police, il les somma brutalement d'avoir à s'acquitter du mandat que le magistrat leur avait donné et de procéder à l'arrestation des coupables.

Mais depuis un moment, le sergent Hayes, chef du détachement, regardait avec beaucoup d'attention Jollyman ; on aurait dit qu'il fouillait dans les notes de sa mémoire.

Sans attendre que Jollyman eut fini de parler, il lui mit la main sur l'épaule et lui dit :

— Au nom de la reine, je vous mets en état d'arrestation : vous allez nous suivre, car j'ai à exécuter un mandat contre vous.

— Un mandat contre moi, répliqua Jollyman, que ce geste avait fait pâlir, et dont l'assurance commençait à baisser singulièrement. Un mandat contre moi... mais je suis un bon citoyen, un homme paisible.

— C'est ce que vous aurez à prouver tout à l'heure, devant le magistrat où je vais vous conduire.

Fouillant dans sa poche, il en retira un papier timbré qu'il lui remit.

— Approchez-vous de cette torche, et lisez !... C'est bien vous, n'est-ce pas, qui êtes désigné dans cette pièce?

Puis se redressant sur son cheval et s'adressant à la foule d'une voix de stentor :

— Cet individu est accusé d'avoir allumé l'incendie qui, il y a quinze jours, a dévoré la moitié de Dawson City... Le but de ce crime était de commettre les pillages qui ont eut lieu. Il était à la tête d'une bande de coquins qui nous ont échappé, mais dont je vois quelques-uns autour de lui.

Cette dernière partie du petit discours était fort adroite, car chacun des séides de Jollyman, craignant que le terrible sergent exhibât un mandat le concernant, se perdit dans la foule, de sorte que Jollyman se trouva bientôt isolé, au milieu de gens qui ne demandaient qu'à le lyncher. En effet, avec une mobilité dont elle donne sans relâche une foule de preuves, la multitude cessait de se préoccuper du crime des Lhomond, pour ne songer qu'à celui dont elle avait été victime, et dont la répression l'intéressait bien plus vivement.

Les maisons que les chercheurs d'or habitent

au Klondike sont presqu'exclusivement cons-
truites en sapin, bois très léger, très facile à travailler, et qui n'est que fort médiocrement con-
ducteur de la chaleur. Elles n'ont qu'un défaut :
elles sont excessivement combustibles, défaut
grave dans un pays ou l'on a un si pressant besoin
de se chauffer.

A Dawson City le danger est beaucoup plus
grand qu'ailleurs, parce que les maisons de la
grande rue sont assez serrées les unes contre les
autres pour qu'une maison ne puisse brûler
sans que les autres soient compromises.

On ne peut employer ni des pompes ni aucun
moyen en usage dans les pays civilisés. En effet,
toute l'eau est gelée, et ce n'est point avec des
blocs de glace que l'on arrête un incendie.

Le feu allumé par Jollyman avait produit de si
grands ravages, que la catastrophe avait été télé-
graphiée en Europe, et que tous les journaux poli-
tiques en avaient parlé.

Il avait produit des désastres incalculables, car il
avait pris dans le grand Hôtel, où les plus riches
propriétaires de claims avaient leurs appartements,
et dans les caves duquel se trouvaient une multitude de provisions. Ces denrées avaient été pillées
avec autant de fureur que les pépites et la poudre

d'or qui s'y trouvaient également, et que le feu
n'avait point fait disparaître, mais qu'il n'avait
point été possible de retrouver sous les décombres.

Toutes les maisons voisines avaient été détrui-
tes, et tout d'un coup un quart de la population
de Dawson s'était trouvée sans nourriture et
sans abri.

Quelques-uns des pillards avaient été lynchés,
mais la plupart avaient échappé, parce qu'ils appartenaient à une sorte de mafia polaire dont Jollyman était le chef.

C'est à la suite d'une enquête secrète, conduite
avec beaucoup de dextérité, de discrétion et de
courage que la vérité avait été découverte, et rien
n'avait transpiré dans le public.

Les paroles du sergent Hayes, et l'acte important qu'il venait d'accomplir produisirent, on
comprend pourquoi, une émotion si grande que
l'on oublia entièrement les Lhomond. Avec une
mobilité, excusable cette fois par les souffrances
auxquelles elle avait été exposée, la foule ne songea plus qu'à l'incendiaire, sur lequel la police
venait de mettre la main.

Les gens les mieux disposés à ajouter confiance
aux dénonciations de Jollyman étaient tout d'un
coup persuadés de sa culpabilité. Il n'y avait

pour eux besoin ni de recueillir des témoignages,
ni d'écouter les plaidoiries...

— A mort, à mort! criait-on de toutes parts.
Il n'y a pas besoin de mener l'incendiaire devant
le magistrat.

Le mouvement était si terrible, si grand, si
irrésistible, que le sergent Hayes n'aurait pu le
réprimer s'il n'avait été aidé par le Père Philippe,
et surtout par Simonot. Celui-ci ne cessa un seul
instant de s'exposer pour sauver la vie de son dé-
nonciateur. Cette belle action, qui n'était pas sans
danger, était la seule vengeance qu'il entendait en
tirer.

Suzon et le Taureau-assis, restant l'une et l'autre
sous l'empire de leurs idées indiennes, idées de
talion à outrance, ne comprenaient rien à cette
conduite dont ils n'étaient point à même d'apprécier la noblesse, mais qui toucha jusqu'aux
larmes le Père Philippe.

Notre rôle impartial d'historien fidèle nous oblige
de dire que ce sentiment d'humanité et de justice
était fort déplacé, et que Simonot aurait pu payer
cher son attitude chevaleresque.

En effet, les complices de Jollyman, qui avaient
été mis en déroute par un brusque caprice de la
foule, reprirent courage. Ils firent si bien manœu-

vrer leurs influences, et au besoin leur poudre d'or,
que l'arrestation ne fut pas maintenue. Le mandat
fut déchiré par le magistrat qui l'avait signé.
Jollyman put reprendre le fil de ses complots,
malgré le sergent Hayes auquel le magistrat n'osa
pas donner raison. La haine qu'il portait à la
famille Lhomond, et surtout à Simonot, semblait déjà trop grande pour qu'elle pût être
augmentée. Cependant cet incident nouveau lui
donna un degré de plus d'intensité.

La noblesse de la conduite du jeune Français
fut considérée, par cet être infâme, comme un
grief nouveau et le plus sanglant de tous.

X

L'or du sable du Yukon

Lorsque le chemin de fer de Skagway dont la première section a été inaugurée récemment sera complètement construit, que l'isthme qui sépare deux des principaux lacs sera creusé, que les bateaux à vapeur feront le service des barques indiennes, et que les traîneaux seront construits d'une façon moins rudimentaire, les bateaux à vapeur du Yukon commenceront un peu plus tard leur service et le cesseront un peu plus tôt, car la navigation de ce grand fleuve est épouvantablement dangereuse, aussi longtemps que les glaces ne sont pas complètement fondues et à partir du moment où elles commencent à se former; les voyages de la fin du printemps et du commencement de l'automne seront également supprimés. On ne naviguera que pendant la saison véritablement belle, qui malheureusement ne comprend pas plus de trois mois. Alors ces voyages seront fort agréables, et n'auront d'autre inconvénient que d'être un peu monotones, car on se lasse assez vite de ces horizons sans limites, de ces plaines immenses, à peine interrompues de temps en temps par quelques monticules.

Quoique l'Alaska soit une contrée superbement pittoresque, dont les citoyens des Etats-Unis sont fiers à juste titre, ce n'est pas sur les bords de ce grand fleuve que les curiosités naturelles sont accumulées. En tout cas, celles qui s'y trouvent n'ont point de dimensions suffisantes pour attirer l'attention des passagers entassés sur le pont d'un steamer à proportions colossales, et dont la partie aérienne a des dimensions hors de proportion avec la hauteur de son tirant d'eau.

Le Yukon, ce géant dont les proportions transversales sont celles d'un véritable bras de mer, n'acquiert ce développement que parce qu'il est en quelque sorte tout en largeur. Ce n'est souvent qu'une nappe d'eau de un ou deux mètres de profondeur, roulant sur des sables peut-être plus riches que ceux du Pactole, mais que personne n'a encore cherché à exploiter.

Il y avait justement à bord du *Jacques Cartier* un

ingénieur qui venait de la Nouvelle-Zélande dans l'intention d'organiser pour 1900 l'exploitation du lit même du Yukon, et qui profitait de tous les arrêts forcés du steamer pour prélever au fond des échantillons. Lorsqu'il y avait du sable en quantité suffisante, il s'enfermait dans sa cabine, avec une jeune personne qui était sa femme ou sa fille. Là il procédait au lavage de son butin. Il ne disait rien à personne, et tous ses mouvements étaient enveloppés du plus profond secret. Mais on voyait, à son air enthousiaste et à la multiplication des essais auxquels il se livrait, que les résultats devaient être des plus satisfaisants.

Comment au reste en serait-il autrement, puisque le Yukon reçoit dans son vaste lit une foule de torrents et de véritables fleuves, la plupart aurifères, qui viennent lui porter tous le tribut de leurs eaux. Comment des myriades de paillettes ne seraient-elles point arrêtées par ces sables inépuisables, dans lesquels des milliards de francs et même de dollars sont nécessairement enfouis.

Les Nouveaux Zélandais pratiquent avec succès une méthode dont M. Smith Karneaghe et sa compagne connaissaient le secret, qu'ils gardaient précieusement, mais que nous n'avons aucune raison pour ne pas dévoiler.

Le lavage de l'or de certains fleuves a lieu à
bord d'un vapeur du genre de ceux que l'on nomme
des *maries-salopes*, dans le jargon des matelots,
et qui servent à nettoyer les ports.

La machine qui met en mouvement l'hélice
motrice, située à l'arrière, actionne aussi une drague qui amène le sable à bord.

Lorsque le navire change de station, la machine
met en mouvement la roue motrice. Lorsque le
capitaine veut cueillir de l'or, il jette l'ancre, et la
drague se met en mouvement. Rien n'est plus
simple que d'alterner ces deux opérations.

Le sable est envoyé dans une série d'appareils
mécaniques qui lui font subir toutes les opérations
d'un admirable lavage à la main, de sorte que la
majeure partie des particules d'or que contient ce
sable est recueillie. On estime qu'on en ramasse
ainsi plus de 80 o/o, ce qui est un chiffre énorme.

On ne quitte la station qu'après avoir lavé une
masse suffisante de sable, et l'on ne passe à une
autre qu'après avoir rejeté le sable que l'on a en
quelque sorte épuisé. On s'arrange bien entendu
de façon à ne pas avoir à craindre de repasser par
des endroits déjà exploités ; c'est à quoi l'on par-
vient à l'aide d'une carte ou l'on marque tous les
endroits où le navire s'est arrêté.

Dans un grand fleuve comme le Yukon, on peut de plus appliquer toutes les remarques qui servent pour l'exploitation des petits cours d'eaux. Il y en a certains plus favorisés, où les dépôts sont plus abondants que partout ailleurs, et qu'un steamer exploiterait de préférence.

La recherche de ces riches dépôts est au moins aussi importante que l'exploitation du lit du fleuve dans un endroit quelconque, où le dépôt aurifère possède ce que l'on peut appeler une valeur moyenne.

Dès qu'il se fut assuré de ce fait capital, que la richesse moyenne était suffisante, Smith Karneaghe voulut pousser plus loin ses investigations. Il eut à ce sujet, avec le capitaine, plusieurs entretiens fort longs et assez multipliés pour que les passagers en fussent intrigués.

Rien ne transpira de ce qui s'était dit, mais on ne tarda point à remarquer que les arrêts étaient plus fréquents et qu'ils se produisaient, sans raison apparente, principalement dans des criques, près de l'embouchure des affluents, et généralement dans des endroits où le fleuve changeait de direction.

Ces arrêts se prolongeaient souvent durant un couple d'heures, pendant lesquelles Smith Kar-

neaghe ramenait toujours du sable, ne tardèrent
point à exciter un vif mécontentement de la
part des voyageurs, dont le voyage, déjà long,
se trouvait encore augmenté. Les mécontents
disaient tout haut que Smith Karneaghe avait été
assez habile pour mettre le capitaine dans ses
intérêts, soit avec une prime payée en or, soit avec
une promesse de participation dans la grande
affaire qu'il méditait de monter.

Les choses en vinrent au point que les passagers
tinrent un meeting secret, et que l'on décida
d'adresser des représentations au capitaine la première fois qu'un arrêt non justifié se produirait.

Mais la première fois que le steamer stoppa c'était
parce qu'il se trouvait en face d'un formidable
banc de glaces qui n'avaient point encore cédé
et qui fermaient la partie boréale du grand coude.

La débâcle ne devait pas tarder à se produire,
Il était facile de voir qu'elle serait terrible, que
le fleuve allait balayer tout ce qui se trouverait devant lui. Aussi fut-il nécessaire de reculer pour
gagner un affluent dans lequel le *Jacques Cartier* fut
à l'abri du premier choc, très prochain d'après ce
que l'on pensait.

L'on s'était trompé, car le *Jacques Cartier*
attendit fort longtemps sa libération.

Pendant tout ce temps, M. Smith Karneaghe ne procéda pas à une seule expérience. Il ne ramena pas du fond un seul baquet de sable. Avait-il fini ses études ? Ou ce qui est plus problable, le capitaine avait-il été mis au courant de ce qui s'était passé dans le meeting des passagers ? Avait-il été averti par ses amis, malgré tout le soin avec lequel on avait évité de convoquer des individus suspects d'intelligence avec lui ?

Les passagers n'eurent pas le temps d'approfondir ce mystère qui les intriguait fort. En effet, il se produisit des événements qui firent oublier Samuel Karneaghe et les griefs qu'on avait formulés contre le capitaine à cause de lui.

XI

La débâcle du Grand Coude

Le capitaine, qui se nommait Hermann Muller, était un officier, allemand de naissance, établi depuis longtemps à San Francisco et qui avait commandé pendant plus de dix années un baleinier, fréquentant les divers parages de la mer de Behring. C'était un excellent marin, qui connaissait très bien les allures des glaces, et qui avait été un des premiers à diriger la navigation des steamers dans le Yukon. Il était de petite taille, assez replet et solidement bâti. C'était un fumeur intrépide, mais il ne répondait jamais que par monosyllabes aux questions que les passagers lui posaient.

Par extraordinaire il avait été plus communicatif pendant l'attente de la débâcle. Le second

jour il avait, comme d'ordinaire, écouté les conversations des passagers de premières, dont il présidait la table, lorsqu'il prit la parole.

— Mesdames et messieurs, dit-il avec emphase,
je suis enchanté de vous voir de si bonne humeur,
et c'est bien malgré moi que je trouble un peu
votre quiétude... mais je dois vous dire que nous
allons recevoir un choc formidable, lorsque la
barricade de glace cédera, ce qui ne tardera pas,
Car, derrière, les eaux atteignent une hauteur énorme. Je réponds du *Jacques Cartier*, par conséquent
n'ayez pas peur, mais vous serez secoués de main
de maître... En attendant je vous demande la per-
mission de boire à votre santé.

— Capitaine, à votre santé ! dit Mme Smith Ker-
neaghe, une assez jolie blonde, qui n'avait pas encore
desserré les dents et se contenta de trinquer d'abord
avec le capitaine et puis avec son mari.

Sur les trente ou quarante passagers, cinq ou
six seulement répondirent au toast, mais sans aucun
élan. Les autres n'eurent le courage ni de remplir
ni de vider leur verre.

Comme, ni le lendemain ni le surlendemain, il ne
se produisit aucun événement, les passagers commencèrent à supposer que le capitaine avait eu
l'intention de les mystifier, pour les punir de leurs

intrigues contre les expériences de M. Smith Karneaghe. Mais tout d'un coup ils entendirent un
formidable craquement : c'était la barricade de
glaces, qui, poussée par en haut, cédait avec un
fracas terrible ; elle livrait passage aux eaux
furieuses. Celles-ci se précipitaient avec toute la
violence d'un véritable raz de marée.

Le *Jacques Cartier* avait été mis en position de
recevoir le choc. Le commandant avait fait fermer
avec soin toutes les sabords jusqu'au niveau du
premier pont.

Les embarcations avaient été descendues de leurs
cartahuts et attachées sur le pont avec de solides
amarres, en prévision des mouvements désordonnés du navire. Car elles auraient été brisées
comme des coquilles de noix si elles avaient cho-
qué contre les bordages, ou les auraient pour
le moins défoncés si, ce qui était plus probable,
elles n'avaient volé en éclats.

L'eau qui venait du haut pays, et que les
glaces cessaient de retenir, devait remplir le lit du
fleuve et déborder sur les deux rives, pour se
retirer avec la même rapidité.

Si le *Jacques Cartier* eût été entraîné, il se serait
avancé très loin dans la campagne, dans un endroit quelconque où les eaux l'auraient abandonné

sur le flanc, et il aurait été absolument impossible de le remettre à flot. Le navire eût été perdu
et toute la cargaison compromise, car il aurait
fallu la retirer petit à petit et la charger à bras
d'hommes jusqu'au bord du fleuve, sur lequel on
l'aurait embarquée à bords de chalands. Que d'embarras pour toutes ces manœuvres !... Comment remorquer jusqu'à Dawson les barques apportant une
foule de marchandises dont quelques-unes très
difficiles à manier ? En effet il y avait un grand
nombre de caisses monstres renfermant des maisons toutes montées, des machines pour le travail
des mines, des rouleaux à vapeur pour aplanir les
routes, des tonneaux de lard, de biscuits, des
grosses de haches, de pioches, des ballots de four-
rures, de souliers ferrés, de couvertures etc.

Que faire de deux ou trois cents passagers, bien
moins débrouillards que ceux qui passaient par
Chilcot.

Ceux de troisième étaient de simples travailleurs
qui n'auraient pas reculé devant une longue marche à pied, et dont les bras auraient même pu être
utilisés. Mais ceux de première et même ceux de seconde appartenaient, sinon aux classes supérieures,
du moins à celles qui ne sont point habituées à exécuter des travaux manuels, et pour lesquelles une

longue route à pied n'aurait pas été praticable. Il
aurait fallu les faire camper sur le lieu du sinistre
en attendant le passage d'un autre vapeur, qui
aurait eu assez de place disponible pour les prendre
à son bord.

Il est douteux que les capitaines auraient consenti à gêner leurs passagers pour recevoir des
naufragés. Les passagers eux-même n'y auraient
jamais consenti. Ce n'est pas sur le Yukon qu'il
faut naviguer, si l'on tient à voir pratiquer la fra-
ternité et à la pratiquer soi-même.

Afin de se garantir de son mieux contre la pos-
sibilité d'une catastrophe, dont les suites auraient
eu une excessive gravité, le vieil Hermann Muller
avait jeté dans le fond de l'affluent, qui était
rocheux et de bonne tenue, deux ancres à bâbord
et deux ancres à tribord ; la première de bâbord et
la première de tribord étaient à l'avant, et les deux
autres à l'arrière. Toutes quatre attachées à deux
cabestans à vapeur, de manière qu'on pouvait les
raidir en quelque sorte à volonté.

Ces différentes précautions, dont les passagers
n'avaient point compris l'importance, et dont ils ne
s'étaient même point aperçus, étaient excellentes et
aucune n'était du luxe.

En effet, l'eau du Yukon se mit à tourner autour

du navire. Il se forma précisément en cet endroit
un gigantesque tourbillon qui se déchaîna pendant
plus d'un quart d'heure sans mollir un seul instant.

Les lames se précipitaient sur le *Jacques Cartier* avec tant de force qu'elles défoncèrent le bordage des étages supérieurs et faillirent enlever
plusieurs passagers.

Hermann Muller fit rentrer tout le monde dans
les chambres, et défendit de sortir sous aucun
prétexte. Lui seul resta dehors avec ses matelots,
jusqu'à ce que le fort de la crise fût passé.

Il faisait une nuit noire, le vent soufflait en oura-
gan, et en moins de deux heures fit un tour entier
du compas.

Lorsqu'il cessa de souffler, il était temps qu'il se
produisît une accalmie, car sur les quatre amarres,
trois avaient cédé, et la quatrième était sur le
point d'en faire autant.

Pendant que le vent faisait rage, les femmes qui
étaient à bord se trouvaient en proie à une si
violente terreur qu'elles étaient comme pétrifiées.

C'est seulement lorsque le danger fut passé,
qu'elles commencèrent à geindre et à pleurnicher,
mais Hermann Muller, qui n'était pas galant de
son naturel et qui savait de plus que le personnel
féminin qu'il avait à son bord ne valait pas en

général grand chose, ne tarissait pas dans ses
sarcasmes. Cet être taciturne était devenu d'une
surprenante loquacité.

—Ah! vous commencez à vous désoler maintenant que vous êtes sauvées ; actuellement il faudrait, non pas se plaindre, mais chanter la *mère
Godichon!*... Tout est pour le mieux... mais nous
l'avons échappé belle... Ah! si j'avais pris moins
de précautions nous étions fichus. Je ne sais vraiment pas comment notre quatrième amarre n'a pas
lâché comme les autres.

Après avoir répété cela sur tous les tons, il déclara qu'il voulait en avoir le cœur net. Il fit mettre
à l'eau son canot, dans lequel il descendit avec
deux matelots.

Après avoir passé une bonne demi-heure à examiner l'amarre qui avait tenu ferme, il remonta
à bord, en clamant:

—Enfin, je sais pourquoi nous sommes sauvés.
Au fort de la tourmente, dans le grand coup de
chien, cette ancre a dérapé, et elle a repris un
peu plus loin.

XII

Au Klondike en ballon

Parmi les passagers du *Jacques Cartier*, il se trouvait deux Français qui méritent une mention particulière. Le plus âgé se nommait Athanase Belhomme; c'était un grand gaillard d'une quarantaine d'années, qui de sa profession était dentiste, et par conséquent connaissant à fond tous les mystères de l'art du puffiste. Il s'entendait à merveille, à extraire l'argent des gogos qui, pour leur malheur, lui entendaient débiter ses boniments. Il aurait rendu des points au plus célèbre *boomer* de New-York.

Il était assez intelligent pour comprendre que le Klondike était un terrain vierge, où un homme d'initiative pouvait trouver des ressources en quelque sortes illimitées. En connaisseur, il avait jeté

son dévolu sur cette étrange contrée. Il était
prêt à tout braver et à tout faire, pour exploiter
les mines, et au besoin les mineurs.

Mais il lui manquait le nerf de la guerre.
Quel procédé prendre pour pratiquer une sai-
gnée au coffre-fort de ce Mécène inépuisable qui
se nomme le public. Comment se distinguer de
vulgaires bricoleurs d'affaires, qui colportaient le
Klondike sans grand succès dans tous les lieux où
se réunit la coulisse.

Maître Athanase se rappela que l'infortuné
Andrée avait formé le projet gigantesque d'atteindre le Pôle à l'aide de la déviation qu'il imprimerait
à son ballon avec un système de voiles et de cordes
traînantes. Quoique l'on pût considérer l'entreprise
comme fort peu pratique, elle ne l'était point au
même degré que les combinaisons sottes ou imper-
tinentes que l'on voit éclore chaque jour à propos
de navigation aérienne. En effet, j'ai constaté
moi-même, dans une ascension exécutée ces derniers
temps, que la déviation existe, qu'elle n'est pas
une chimère. La seule question est de savoir si le
terrain gagné de la sorte vaut la peine qu'on s'en
préoccupe, et si son importance est telle qu'elle
puisse influer d'une façon quelconque sur les résultats de l'expédition aérienne.

Maître Athanase imagina donc d'annoncer, à grand renfort de réclames, qu'il se rendrait au Klondike, en ballon.

Il arriverait à Dawson City dans un aérostat digne de Pantagruel et de Gargantua ; il aurait dans sa nacelle un lest de saucisses, de tablettes de bouillon, de pemmican, d'extrait de viande. Cette cargaison lui permettrait de réaliser un bénéfice immense, qu'il emploierait tout simplement à acheter des claims. Gâce à cette combinaison abracadabrante, il deviendrait millionnaire, ainsi que tous ceux qui auraient l'intelligence de s'associer avec lui.

Comme il avait devant lui quelque argent, il s'en servit pour exécuter une ascension nocturne à grande distance. Après avoir assez longtemps roulé dans les airs, il tomba près de Francfort. C'était atterrir en plein pays de Haute Banque. Dans le voisinage de son point de débarquement se trouvait un capitaliste appartenant à la religion de Moïse, qui comprit toute la puissance de la combinaison et souscrivit pour dix mille marks, un cinquième du capital social.

L'affaire étant lancée, maître Athanase revint à Paris par l'express. Il loua à deux pas de la Bourse un bureau dans la rue d'Amboise. Les

actions s'enlevèrent, et notre homme partit avec
deux ballons et un compère qui était destiné à servir de capitaine au second ballon ; quant au premier il devait le conduire lui-même.

Tout ceci était longuement expliqué dans le
programme qu'on avait publié à profusion. Mais
maître Belhomme, malgré ses promesses imprimées
et ses conférences, était bien décidé à ne pas se
livrer à une expérience dont il n'ignorait aucun des
hasards.

Il pensait bien que son imagination lui fourni-
rait quelque honnête prétexte pour se rendre
au Klondike comme le commun des chercheurs
d'or.

Lorsque maître Belhomme arriva à Vancouver,
le temps était très beau, le vent se tenait depuis
pas mal de jours dans la direction du Klondike.
C'était l'influence de ce vent persistant du Sud-
Sud-Ouest, qui avait amené le dégel précoce qu'on
avait pris pour la fin de l'hiver, et qui n'était
qu'un simple entr'acte.

Le *New-York Herald*, cet actif journal, toujours
à l'affut d'informations extraordinaires, avait
trouvé de son goût le projet de maître Belhomme,
et l'avait arrangé à la sauce Bennett, la plus
agréablement pimentée.

Il n'était bruit que du grand projet de maître Belhomme, dans toute la Colombie britannique. C'était fort gênant pour un gaillard qui ne demandait qu'à se débarrasser de ses deux colis compromettants et d'oublier ses ballons dans quelque gare. Il n'avait avec lui aucun moyen de gonflement, car les touries qu'il avait annoncées comme contenant de l'acide sulfurique étaient en réalité pleines de whisky, qu'il était parvenu à faire passer en fraude des droits établis par un décret récent du président Mac Kinley.

La réputation que notre homme s'était acquise à si bon marché était fort gênante. Car partout où il arrivait, on lui demandait des nouvelles de son ascension ; le public avait les yeux braqués sur lui ; il lui était bien difficile sinon impossible de se séparer de ses maudits ballons. Les globes qui lui avaient donné des ailes financières, pour quitter la France, étaient devenus des embarras sérieux.

Mais il y a une providence pour les hommes d'initiative et d'intelligence.

La puissante République des État-Unis avait eu l'idée de chercher querelle à la monarchie éculée d'un pauvre descendant de Charles-Quint, afin de lui enlever les derniers débris de son empire colonial. La catastrophe du *Maine* avait amenée l'explosion définitive.

Quelle admirable occasion pour maître Belhomme de jouer le La Fayette au petit-pied. En vue de contribuer à la gloire des États-Unis. Il renonça à ses grands projets d'expédition aérienne, et il mit ses deux fameux ballons à la dispostion du gouvernement de Washington. Il se mit lui-même au service d'une si belle cause, et offrit le concours de son expérience. Ces offres séduisantes furent reconnues à coups de dollars... et notre homme partit pour l'armée de la guerre.

Mais ne le suivons pas dans des aventures qui lui valurent plus d'or que de gloire, et qui se terminèrent par la destruction des ballons, percés d'une grêle de balles dans le siège de Santiago. Ce succès fut le seul que les Espagnols obtinrent pendant toute la durée de la guerre. Mais il ne put les consoler, car il fut, en quelque sorte, acheté bien cher.

En effet, les ballons Yankees ne furent détruits qu'après avoir servi à constater la présence, dans cette baie célèbre, de la flotte espagnole que de hautes falaises avaient empêché d'apercevoir. Guidés par un renseignement si précieux, la flotte se mit en mesure de mettre un bouchon au goulot de ce qu'on appelait la *Bouteille*.

En 1899, dès l'ouverture de la navigation du Yukon, maître Belhomme et quelques acolytes partaient de Saint-Michel, avec l'intention de se rendre le plus vite possible au Klondike, dans un but bien différent de celui que poursuivait Simonot. Aussi avait-il une lettre très pressante pour le fameux Jollyman qui travaillait dans un but analogue pour la Bourse de Londres.

L'eau qui avait donné lieu à la débâcle, si menaçante pour le *Jacques Cartier*, avait été accumulée comme derrière un barrage par la barricade de glace, qui avait arrêté le navire mais en réalité le fleuve n'avait que très peu d'eau ; une fois ce flot passé, comme une véritable trombe, le bâtiment ne pouvait plus avancer faute d'eau, et les chercheurs d'or se trouvaient encore une fois arrêtés.

Le mal aurait été très petit, si la voie des montagnes avait été fermée, mais pendant que la route du fleuve était ainsi immobilisée, les transports continuaient à se développer avec ardeur par la route de Chilcot, à laquelle la grande ficelle avait donné une activité des plus remarquables.

Un homme aussi aventureux que M. Belhomme, ne pouvait se résigner à être prisonnier de la sécheresse. Il eut donc l'idée d'organiser une caravane, qui se donnerait la mission de franchir le pas difficile, en remontant le fleuve avec des canots indiens que, disait-on, l'on trouverait en nombre suffisant, et que l'état du fleuve n'arrêterait en aucune façon.

XIII

Entre une sécheresse et une inondation

Le capitaine fit les plus grands efforts pour s'opposer à une combinaison peu sage, et qui n'avait en réalité aucune chance de réussir.

Il commença par faire remarquer aux passagers qu'une pareille crise était toute à fait anormale, et qu'elle ne pouvait durer longtemps, qu'elle serait probablement terminée avant que les passagers aient pu atteindre Dawson City, au prix des plus grands efforts et de périls extraordinaires.

Belhomme, qui était le promoteur de toutes ces impatiences, répondit que le capitaine ne pouvait répondre de rien, qu'il n'y avait aucune règle dans les phénomènes météorologiques et que le caprice le plus absolu présidait aux évolutions des vents.

A ces observations, qui étaient sérieuses, le capitaine ripostait par des considérations personnelles qui étaient certainement de nature à influer sur des

personnes moins passionnés et plus raisonnables
que ne le sont ordinairement les chercheurs d'or.

— Les armateurs, leur dit-il, m'ont donné la mission de vous amener à bon port. Mais pour que je
puisse m'acquitter de ma mission, il faut que vous
ne désertiez point mon bord. Je n'ai pas même le
droit de vous autoriser à le faire dans un pays sauvage. Il faudrait que chacun de vous consentît à me
donner une décharge de sa personne, dans laquelle
il mentionnerait les protestations que j'ai faites,
lorsqu'il a été question de ce projet bizarre,
nsensé et périlleux.

Belhomme, qui était un beau parleur, répliqua
¡avec une certaine arrogance, que les passagers
n'étaient point les esclaves de leur capitaine, qu'ils
étaient libres d'aller ou de venir à leur guise, que
tout ce que le capitaine pouvait réclamer était
l'obéissance aussi longtemps que l'on était à son
bord, mais qu'il n'avait aucun droit pour empêcher de continuer la route par terre, pendant que
le navire était échoué sur un banc de sable.

La majorité des passagers était favorable aux
prétentions du capitaine, et on ne l'aurait pas
tirée du bâtiment pour un empire, mais une vingtaine d'individus firent chorus avec le verbeux
Belhomme, et devinrent si bruyants que le com-

mandant sentit le besoin de se débarrasser de ces
gaillards. Il se contenta donc de mettre sa respon-
sabilité à couvert en constatant l'espèce de violence morale que l'on commettait contre lui. Une
fois cette précaution prise, il fut le premier à faciliter l'exécution de leur exode. Il leur offrit même
de joindre, aux provisions qu'ils emportaient sur
leurs traîneaux, une partie de celles qu'ils auraient
consommées s'ils étaient restés à bord. Il mit
aussi à leur disposition une carte du pays qu'ils
devaient traverser pendant leur voyage qui devait durer cinq jours, ce qui était déjà trop.
En effet, à peine avaient-ils fait la moitié de la
route, que le vent, qui s'était mis au nord, vira cap
pour cap et donna du sud avec une terrible violence, qui faillit être fatale au steamer. Tout d'un
coup il se mit sur le bâbord, et il aurait complètement chaviré, si le bordage n'avait donné contre le
sable.

S'il s'était trouvé en cet endroit quelque roche,
le navire était défoncé, tant le choc fut violent.

Heureusement le capitaine, qui avait l'habitude
de ce genre d'accidents, avait pris ses précautions
en conséquence. La cargaison et tous les objets
mobiles renfermés dans les chambres avaient été
fixés le mieux possible. Les passagers, qui avaient

été épouvantés par l'intensité du choc, reçurent l'ordre de se porter sur le tribord aussitôt que le flot de glace fondue atteindrait le bâtiment.

Toutes ces précautions pouvaient paraître utiles, car nous ne saurions, en bonne conscience, affirmer qu'elles étaient toutes réellement bonnes. Elles avaient eu pour premier résultat de semer l'épouvante parmi les passagers, qui ne demandaient du reste qu'à s'effrayer.

Les travailleurs, qui se rendaient aux mines pour utiliser leurs bras, n'étaient point atteints au même degré par la panique. Mais ces individus ne constituaient qu'une faible minorité, parce que le prix du voyage, par le Yukon, était fort élevé. On n'en comptait qu'une vingtaine de cette catégorie, même en y comprenant une douzaine qui faisaient partie de l'équipage. En effet, ils avaient contracté un engagement pour la durée de la traversée, et on les transportait gratis à condition qu'ils donneraient la main aux matelots.

Les plus déconfits appartenaient à deux catégories également peu intéressantes. En première ligne, les femmes, qui se rendaient au Klondike dans le but de tenir des salons ou de figurer dans le personnel des cafés-concerts.

Rien n'était moins touchant que le désespoir de

ces beautés, hors d'âge, qui venaient récolter des hommages tardifs, dans des parages où la concurrence de la véritable grâce de la jeunesse et du talent n'étaient point à redouter. Malgré la gravité de la situation, un philosophe aurait trouvé matière à de bien utiles réflexions, en entendant les marques de désespoir que la frayeur arrachait à ces femmes, qui se croyaient déjà englouties et qui pleuraient sur le sort de leurs espérances déçues !

Mais ce qui était certainement plus comique, c'était le désappointement de tous ces spéculateurs qui se rendaient au Klondike avec une pacotille qu'ils comptaient vendre deux fois sa valeur, quoiqu'elle se composât, en grande partie, d'objets avariés dont on n'aurait voulu nulle part !

Ceux qui comptaient s'adonner à ce genre de commerce étaient, pour la plupart, des gens d'un certain âge, qui avaient fait déjà une foule de métiers dans les grandes villes de l'Union et qui venaient trafiquer si près du Pôle parce que, sans aucun doute, ils étaient brûlés partout !

La partie vivace, de cette série de passagers, avait suivi Belhomme dans son aventure ; il n'était resté que les vieux endurcis et les timorés. Ceux-là tremblaient doublement, et pour leur vie, et pour leurs marchandises, auxquelles ils tenaient plus qu'à leur vie, parce qu'aucun d'eux n'avait pris la précaution de les faire assurer.

Du reste, les compagnies n'aimaient point à donner des polices pour un pays qu'elles ne connaissaient pas, et où les risques devaient être sérieux. Elles avaient envoyé quelques agents, avec mission d'explorer le Klondike à ce point de vue. Les agents d'assurance, ainsi que quelques ingénieurs, quelques employés du gouvernement canadien, quelques reporters des grands journaux de New-York et de San-Francisco, constituaient surtout la partie honorable des passagers. Mais leur nombre était minime ; ils étaient perdus sans action sensible, et la correction de leur attitude n'avait pas une sérieuse influence sur les résolutions de l'ensemble.

La grande masse ressemblait à celle des *Uitlanders*, qui ont envahi le Rand du Transvaal et le West Griqua Land de la République d'Orange, lors de la découverte des mines d'or et des mines de diamant. Elle ne valait ni plus ni moins que cette tourbe, pour laquelle la Grande-Bretagne a pris les armes, et à laquelle elle a voulu conquérir

les droits de citoyens, dont beaucoup, dignes du
bagne, étaient privés dans leur patrie.

La situation, pour des raisons différentes, était
donc également tendue à bord du steamer du
Yukon et dans la petite troupe qui avait suivi la
folle équipée de Belhomme.

Mais les résultats de la débâcle, qui ne permirent
pas aux aventuriers marchant sous la bannière du
dentiste parisien d'atteindre Dawson City et même
Loose town, eurent des effets bien différents sur
chacun de ces deux groupes de voyageurs, ainsi
que nous allons le voir.

XIV

L'odyssée des Déserteurs

Les passagers qui étaient restés fidèles au capitaine Muller en furent quittes pour un arrêt de trois jours, après lequel le fleuve reprit son niveau normal, qu'il garda jusqu'à l'arrière-saison. Leur voyage à Dawson City eut lieu sans aucun incident que la rencontre de la colonne du dentiste.

Les Indiens n'avaient pas voulu louer ou vendre les canots sur lesquels les voyageurs comptaient. Ils avaient été obligés de suivre péniblement le bord du Yukon. Ils avançaient lentement sur un chemin non frayé, encombré de bancs de sable et d'obstacles de toute nature, dont les piétons ne peuvent venir facilement à bout.

Un affluent ne tarda pas à leur barrer complètement le passage. C'était un torrent d'eau glacée, qui descendait des montagnes avec une furieuse impétuosité, et dans lequel il était impossible de se hasarder.

Un des plus raisonnables ouvrit l'avis de ne point

aller plus avant et d'attendre en cette station le passage du *Jacques Cartier* qui ne saurait tarder à arriver.

Le dentiste s'opposa avec vigueur à un parti dont il blâma la pusillanimité.

— Quoi, disait-il, après avoir fait le coup d'audace, vous iriez implorer la pitié de ce maudit Allemand ?... Qui vous dit qu'il vous reprendra à son bord ?... Est-ce qu'il ne vous a pas prévenu que jamais il ne le ferait ?

— Ce sont des menaces vaines, que l'on n'exécute jamais, répliqua le chef des mécontents. Celui-ci était un grand gaillard, très solidement bâti, qui ne brillait point par l'intelligence. Mais il avait une encolure qui imposait le respect au plus audacieux. Ses mains étaient comme des tenailles, et il en voulait beaucoup au dentiste de l'avoir entraîné dans une aventure aussi sotte.

— Le capitaine Muller nous laissera très bien sur cette rive peu hospitalière, reprit Athanase, c'est à nous de nous en tirer, et nous le ferons, si nous ne sommes pas des poules mouillées. Voyez cette carte : ce maudit affluent est le dernier que nous ayons à franchir... Allons, un peu de cœur au ventre!... L'eau est froide, mais elle n'est pas profonde... Tenez,... venez, imitez-moi...

Afin de donner du cœur aux autres, en joignant l'exemple aux préceptes, le dentiste avançait toujours avec plus d'intrépidité que de bon sens. En effet, à mesure qu'il avançait, l'eau lui montait plus haut. En partant, il en avait jusqu'à la cheville. Plus loin l'eau montait jusqu'aux genoux; un peu plus loin encore, elle allait jusqu'au ventre, et le dentiste avançait toujours. De la main il faisait signe à ses compagnons, mais ceux-ci paraissaient peu disposés à le suivre, et ils voyaient très bien les efforts que faisait maître Belhomme pour résister au courant qui menaçait de l'entraîner.

Soit que celui-ci vît que sa propagande était inutile, soit qu'il se rendît compte de la gravité de la situation dans laquelle il s'était mis, il s'arrêta et cria d'une voix un peu étranglée, comme si le froid et la peur l'éraillaient.

— Je vais revenir près de vous afin que nous nous attachions les uns aux autres par une corde. Si quelqu'un est entraîné on trouvera ainsi le moyen de le sortir.

Mais à peine avait-il prononcé cette sage parole, qu'on le vit qui chancelait comme s'il avait fait un faux pas.

En tout cas, ce faux pas fut le dernier.

Il était entré dans quelque gouffre que le tor-

rent avait creusé dans le lit du Yukon. Sans doute
le froid avait saisi ses membres, les avait roi-
dis et l'avait rendu incapable de faire le moindre mouvement, car on ne le vit pas une seule
fois surgir à la surface des flots.

Son cadavre avait été roulé dans les sables aurifères, et dépecé par les poissons de proie dont le
nombre est considérable dans ces régions.

La bande turbulente resta inerte et désolée
sur le rivage. Elle était incapable de faire un
mouvement, et par conséquent de renouveler la
tentative qui venait d'avoir une si funeste issue.

La bande n'avait plus que deux partis à prendre:
attendre le passage du *Jacques Cartier*, ou rebrousser chemin et aller le trouver à son ancrage.

C'est à ce dernier parti qu'elle s'était arrêté,
lorsqu'on s'aperçut que le niveau du Yukon bais-
sait rapidement. C'était le dernier barrage qui
venait de céder.

Quoique aucun de ces pauvres chercheurs d'or
dévoyés ne fût assez bon météorologiste pour se
rendre compte de ce qui s'était passé, il était
difficile de ne pas comprendre que le *Jacques Cartier* allait bientôt arriver, et que l'important, l'essentiel était de ne pas le laisser passer sans qu'il
ramassât tous ceux qui avaient commis la faute de

le quitter. On se rapprocha donc le plus possible
de l'endroit où le Yukon a le plus de fond, et où
le *Jacques Cartier*, devait bientôt se présenter.

A un mille en aval du lieu où Belhomme avait
disparu, la berge du Yukon pousse un promon-
toire très aigu, qui s'avance au milieu du fleuve, et
que les voyageurs avaient eu beaucoup de peine
à franchir. C'est là qu'il fut décidé qu'on devait
se porter pour attendre l'arrivée du *Jacques Cartier*. On se rendit en toute hâte à cette station, et
l'on eut en effet raison de se presser.

A peine y était-on installé, qu'on vit un panache
de fumée noire dérouler ses volutes dans l'atmos-
phère.

C'était le steamer qui approchait.

Aussitôt on se mit à faire force signaux avec
des mouchoirs, et quelques-uns descendirent sur
le bord de l'eau et s'avancèrent même dans le
lit du fleuve en criant de toutes leurs forces. Le
Jacques Cartier avait entendu.

Aussitôt il ralentit sa course et il stoppa. Une
chaloupe s'en détacha. Dans cette chaloupe se
trouvaient deux rameurs, et la barre était tenue
par le capitaine, qui venait, de sa personne, savoir
ce dont il s'agissait. Avec sa lunette, il n'avait pas
eu de peine à reconnaître les mutins.

Lorsqu'il eut sauté sur le rivage, il paraissait d'excellente humeur et il se frottait les mains.

— Ah ! les enfants, vous en avez déjà assez... Eh bien, soit, je vais vous reprendre à mon bord... Vous n'avez pas le droit d'y revenir, puisque vous avez déserté en quelque sorte... Je ne veux pas vous tenir rigueur, je ne vous ferai même rien payer. J'en excepte cependant ce diable de dentiste : s'il veut revenir à mon bord, il faut qu'il me donne dix dollars, je veux lui extirper cette molaire...

En terminant son petit discours avec une loquacité qui ne lui était point ordinaire, le brave Teuton riait à gorge déployée.

— Monsieur Belhomme n'est plus de ce monde, et vous ne l'aurez pas à bord du *Jacques Cartier*, fit, d'un ton grave, un de ceux que le capitaine interpellait. Et il lui raconta en peu de mots le tragédie.

— Diantre, c'est fâcheux, bien fâcheux !... j'aurais eu beaucoup de plaisir à le faire cracher.

Hermann Muller n'ajouta pas autre chose, et l'embarquement commença.

Il ne dura pas plus d'une demi-heure, car le capitaine donna de vigoureux coups de sifflet, et deux autres embarcations d'un plus fort tonnage se détachèrent du bord, pour remorquer tous les déserteurs.

Les autres passagers firent aux revenants une réception assez froide. Mais aucun incident ne survint, et le reste de la navigation s'acheva tranquillement.

Dawson, on ne savait pas quel serait le premier steamer qui arriverait, car la ville n'était pas reliée télégraphiquement avec Saint-Michel, pas plus qu'avec le reste de l'univers. Mais le navire était en retard ; quelques oiseaux de mauvais augure prétendaient qu'il avait dû faire naufrage. On reçu donc le *Jacques Cartier*, avec d'immenses protestations de joie.

Du reste l'arrivée du premier vapeur du Yukon est toujours un événement capital, qui modifie profondément la vie économique du pays : aussi l'on ne parlait pas d'autre chose à Dawson, et la nouvelle du grand événement se répandait avec une rapidité prodigieuse, même dans les claims les plus éloignés. Les Indiens, comme tous les peuples primitifs, excellent dans l'art de transmettre les nouvelles avec une sorte d'intantanéité qui a toujours surpris les civilisés et qui fait songer à celle de l'électricité.

XV

Le «Jacques Cartier» à Dawson

Il n'y a point, à Dawson, de port comme à Paris,
et de quai le long duquel les navires peuvent se
ranger. Quoique le tirant d'eau de ce beau steamer fut très minime, il dut rester à plus de cent
mètres de la métropole du Klondike. C'est à l'aide
de petites barques que les voyageurs débarquèrent
avec leur pacotille et leurs bagages personnels. La
cargaison fut ensuite tirée de la cale pour être
apportée dans les magasins de la Société générale
du commerce d'Alaska, qui servaient d'entrepôt.
Cette compagnie a pris, comme nous l'avons déjà
dit, la suite des affaires de celle de la Baie
d'Hudson, qui fut pendant plus d'un siècle la sou-

veraine des pays sous la sauvegarde du gouvernement royal d'Angleterre. Elle est propriétaire
de la plupart des steamers du Yukon, et agent de
ceux qui ne lui appartiennent pas. La plus grande
partie des cargaisons lui est destinée.

Les négociants qui opèrent pour leur compte
ont donc à lutter contre un monopole de fait, qui
est fort gênant, de sorte que la plupart lui cèdent,
en bloc, les marchandises qu'ils ont fait venir
pour leur propre compte.

Mais comme l'ouverture de la navigation avait
été tardive, et que le voyage du *Jacques Cartier*
avait été retardé par les divers incidents que nous
avons racontés, les magasins étaient presque épui-
sés, les denrées de toute nature étaient fort
chères. Il était facile de placer celles qui arri-
vaient, en cédant un peu sur le prix.

Les agents de la Compagnie furent donc fort
désappointés, en voyant que, cette fois, pas un
seul commerçant n'acceptait leurs offres d'achat.
Ils s'en vengèrent par une foule de petites vexa-
tions, et en retardant autant que possible le
moment de la livraison.

Ces manœuvres peu loyales produisirent une
certaine émotion et un assez vif mécontentement.
Jamais, de mémoire de Klondikers, on n'avait vu

une foule aussi nombreuse et aussi passionnée
autour des entrepôts.

Aussitôt que les denrées étaient entre les mains
de leur propriétaire, elles étaient marchandées et
enlevées avec une extrême rapidité, lorsque les
transactions n'étaient point entravées par les que-
relles qui survenaient, tant entre les vendeurs,
qu'entre les acquéreurs.

Il n'était pas facile de mettre le *hold* au milieu
de cette masse brutale, qui prenait parti, tantôt
pour l'un, tantôt pour l'autre des adversaires.

Il y avait, en outre, nombre d'individus mal in-
tentionnés qui ne demandaient que plaies et que
bosses, parce qu'ils espéraient profiter du désordre pour mettre la main sur quelque chose qui
fut bon à manger, ou au moins à vendre aux
tenanciers du plus prochain salon.

Ces scènes ne se reproduiront plus désormais
avec la même violence déplorable, parce que le
transport par la voie des montagnes fera une
concurrence sérieuse aux vapeurs du Yukon.

L'ouverture de la ligne de Skagway donnera aux
transactions plus de stabilité et de régularité.
Petit à petit, Dawson deviendra une ville dans laquelle la vie sociale aura des allures régulières, et
qui ressemblera, plus ou moins, aux grandes villes

de Sibérie, dont elle excède de beaucoup la population.

Au point de vue de l'avenir des régions polaires, la création de ce grand centre a une importance considérable, et le siècle prochain ne sera pas fortement entamé avant que l'on s'en aperçoive facilement. Dans quelques siècles le progrès sera tel, qu'il frappera les moins clairvoyants.

Quoiqu'ils n'eussent point de goût pour ces scènes, peu morales et peu récréatives, les Lhomond avaient fait comme les autres, et ils étaient venus prendre part à l'espèce de curée produite par le déballage de la riche et variée cargaison du *Jacques Cartier*.

Comme tous les acheteurs sérieux, ils éprouvèrent une foule d'accidents dans cette série d'enchères désordonnées. Mais il n'est pas utile d'entrer dans les détails de leurs aventures, ou plutôt de leurs mésaventures. En somme, les acquisitions qu'ils firent furent loin de valoir la peine qu'ils avaient prise et les risques qu'ils avaient courus d'être volés ou violentés, pendant leur séjour au milieu de cette cohue.

Cependant, ils n'eurent pas à regretter de s'y être mêlés, car s'ils étaient restés à Loose Town, ils ne se seraient point aperçus du tour que maî-

tre Jollyman allait leur jouer, et ils n'auraient
point empêché ce dangereux individu de commettre un vol, dont les suites auraient pu être déplorables.

Rendu à la liberté de la manière que nous avons
rapportée, ce personnage, inaccessible au repentir,
ne cherchait qu'à commettre de nouveaux méfaits,
pour lesquels il espérait l'impunité à laquelle il
n'était que trop habitué. C'est par un effet singulier du hasard qu'il fut déçu dans ses coupables
desseins.

XVI

La poste de Dawson

Le Klondike possède tous les éléments de la vie civilisée, mais à un état rudimentaire, tellement peu développé, qu'ils ne servent, en réalité, qu'à augmenter le désordre, et à devenir l'origine de nouveaux abus, de crimes spéciaux auxquels les sauvages ne songeraient jamais.

La poste de Vancouver expédie fidèlement à Saint-Michel, chaque fois qu'il y a une occasion, les lettres ou les télégrammes arrivant à destination du Klondike. Les messages s'accumulent naturellement dans le bureau jusqu'au départ du premier steamer ; aussi le *Jacques Cartier* avait-il une valise énorme, que le capitaine avait placée dans sa chambre, afin de perdre de vue, le moins

possible, un dépôt si précieux et si tentant pour
l'avidité des aventuriers formant une partie notable
des passagers.

Aussitôt arrivé à son ancrage le digne marin
fit mettre à l'eau son canot, y descendit de sa
personne, et y plaça, à l'arrière, un coffre dans
lequel se trouvaient entassés plus de mille objets
de toute forme, de toute couleur, arrivant de
toutes les parties du monde et écrits dans une
foule d'idiomes différents.

Rien n'est plus bizarre que cet assemblage, et
rien ne serait plus intéressant que de comparer
le contenu de ces innombrables missives, dans lesquelles se trouvent exprimés, d'une façon parfois
émouvante, tous les sentiments qui font palpiter
le cœur humain, depuis les plus nobles jusqu'aux
plus vils, depuis les aspirations les plus sublimes
jusqu'aux révoltantes inventions de la supercherie
ou de la trahison !

Il n'y en avait pas beaucoup renfermant des
bank-notes ou des traites, parce que ce serait
apporter de l'eau à la rivière que d'envoyer des
livres sterlings ou des dollars au Klondike, mais
une foule de lettres renfermaient des assignations
sur les objets manufacturés, ou sur des vivres
que portait le navire, ou devant arriver par les

navires suivants, ou ayant été expédiés par la
route des montagnes. En faisant main basse sur
ce bloc, des bandits réaliseraient une grosse
fortune, puisque les provisions, les vêtements,
les outils, les médicaments étaient hors de prix,
comme il était facile de le prévoir.

Le capitaine apporta donc lui-même son précieux dépôt au magistrat qui concentre tous les
pouvoirs dans ses mains, et qui est naturellement
chargé de présider à la distribution.

Mais dans un pays où l'on ne peut trouver de
facteurs, il est impossible de faire la distribution à domicile. Y aurait-il des distributeurs,
qu'il surgirait un autre obstacle : les adresses ne
sont point connues. On peut même dire, pour s'exprimer d'une façon plus correcte, que les destinataires n'ont point d'adresse, car les rues n'ont
point de nom, et les maisons n'ont point de numéro.
Certains puristes, dont nous n'oserions combattre
bien vigoureusement l'opinion, iraient même jusqu'à prétendre que les sentiers étroits, tortueux,
désordonnés, fréquentés par les habitants, ne méritent point le nom de rues, et que la plupart des
cahutes dans lesquelles se retirent les mineurs ne
sont pas dignes du nom de cabanes, et que, par
conséquent, c'est commettre une sorte de blasphème

architectural, que de leur donner celui de maisons.

Il faut donc que les destinataires viennent chercher leurs lettres *poste restante.* En conséquence le magistrat ordonna que l'on admettrait les chercheurs d'or à se servir eux-mêmes dans la salle servant de corps de garde aux soldats de la police montée. Les lettres avaient été étalées sur le lit de camp ; on avait pris le soin de les ranger par ordre alphabétique et de mettre ensemble, autant que possible, celles qui appartenaient au même individu ; mais ce tri préalable n'avait point été lui-même sans offrir de grandes difficultés, à cause de l'incorrection des écritures, de la mauvaise orthographe et surtout de la similitude des noms. En effet les Smith, les John, les Johnson formaient de véritables légions. De plus les divers individus répondant à ces appellations ne sont différenciés les uns des autres que par des initiales le plus souvent omises, ou écrites d'une façon illisible.

C'est donc uniquement pour la forme que deux sergents surveillaient cette étrange opération.

Si le magistrat leur avait donné la mission d'y assister, ce n'était pas avec l'espoir qu'ils pourraient empêcher une foule de vols et de super

cheries de toute nature, c'était surtout dans le
but de veiller sur le groupe des lettres non affranchies, et d'empêcher que les chercheurs d'or ne
fissent main basse sur celles-ci, sans avoir acquitté
la taxe due au gouvernement du Canada.

Ils avaient surtout mission de mettre le *holà*,
dans le cas où quelque rixe éclaterait, et de placer
en état d'arrestation quiconque aurait une allure
suspecte. On n'avait qu'une porte à ouvrir pour
pousser les individus, ainsi appréhendés, dans un
violon, d'où on les tirerait plus tard, afin de s'expliquer. La police montée du Canada a hérité des
allures despotiques des exempts du règne de
Louis XIV, et les a transportées jusqu'au Klondike,
où elles sont parfaitement appropriées aux *besoins*
de la population.

En France, en Angleterre, en un mot dans tous
es pays civilisés où le tarif est doublé pour les
articles qui ne sont point affranchis, l'usage du
timbre-poste est presque universel. Il est bien rare
que l'expéditeur ne revête pas son message de ce
cachet protecteur. Les lettres qui n'en portent
point peuvent être considérées comme une sorte
de *rebut* naturel, et les employés des postes n'y
prêtent qu'une médiocre attention. En effet, un
bon tiers des destinataires ne sont jamais retrou-

vés, et les neuf dixièmes de ceux sur lesquels les
agents des Postes sont assez heureux pour mettre
la main reconnaissent les écritures et refusent de
recevoir la lettre qui leur est remise.

Dans les pays neufs, il en est tout autrement.
Les gens soigneux et intelligents, au courant des
mœurs des sociétés qui commencent, se gardent
bien de tirer parti de l'admirable invention dont
profitent les *philatélistes* pour établir la Bourse
du timbre-poste, et qui a rendu immortel le nom
de Rowland-Hill.

C'est dans la section des lettres *non affranchies*
que se trouvent les plus importantes, celles dont
la délivrance offre le plus d'intérêt.

Le magistrat, qui avait pleine confiance dans la
sagacité du sergent Hayes, avait chargé cet in-
corruptible, commandant suprême de la force publique, de veiller lui-même à cette partie de la distribution. Le sergent s'était placé très habilement
dans le coin le plus clair du corps de garde, derrière
la table sur laquelle il avait rangé le groupe de
trois cents lettres qu'il devait remettre manuelle-
ment. Comme la lumière du dehors tombait d'a-
plomb sur la figure des chercheurs d'or qui
venaient lui demander s'il y avait quelque chose
pour eux, il les dévisageait à son aise. Ceux-ci, au

contraire, étant comme aveuglés par le grand jour,
ne pouvaient voir ses traits et ne se doutaient
point de la surveillance dont ils étaient l'objet de
la part d'un homme habitué aux recherches poli-
cières, pour lesquelles il avait, du reste, une apti
tude naturelle des plus prononcées.

Le sergent Hayes avait accroché derrière lui
le paletot en peau d'ours qui lui donnait l'aspect
d'un plantigrade, et il était sanglé dans son uni-
forme bleu, qui mettait en lumière ses formes athlé-
tiques. Ses mains longues et larges en proportion
avaient l'air de deux harpons attendant l'épaule
et le cou d'un délinquant. Il avait une tête carrée
couverte de cheveux très abondants, ras, mais! ui
descendant sur le front; ses yeux à fleur de visage
étaient vifs, larges, un peu sanguinolents. Ses
mâchoires étaient armées de dents puissantes, et
ses incisives ressemblaient à des crocs. Il répondait avec politesse et douceur ; cependant il était
comme un dogue à l'affût.

Tout en s'occupant de sa consigne, le sergent
Hayes détachait de temps en temps un coup d'œil
sur le tas de lettres portant des adresses plus ou
moins complètes, et que les chercheurs d'or mani-
pulaient librement. Il n'avait pas tardé à s'apercevoir que Jollyman, qu'il avait parfaitement reconnu

avait fourré dans sa poche un nombre tel de
missives qu'il était difficile d'admettre que toutes
lui fussent destinées. Mais quelque mauvaise
opinion qu'il eût du personnage, il ne pouvait
interrompre ses recherches. Il fallait qu'une cir-
constance quelconque vint lui fournir un prétexte
pour l'interroger, sinon pour le mettre en arrestation.

Ce fut donc avec un soulagement réel, qu'il
vit que Jollyman se mit à la queue des gens qui
venaient chercher à leur nom des lettres non
affranchies. Son fin instinct de policier lui avait
fait prévoir que le misérable allait se mettre de
nouveau dans un mauvais cas, il se promettait de
ne pas le lâcher.

Lorsque le tour de Jollyman fut arrivé, Hayes
lui demanda d'un air indifférent quel était son
nom.

— Est-ce que vous ne me reconnaissez pas, sergent, fit avec désinvolture le sollicitor anglais...
nous avons eu ensemble des rapports qui ont
failli devenir plus intimes que je l'aurais désiré,
fit-il en esquissant un sourire forcé... mais vous
avez reconnu que j'étais un parfait honnête
homme, et nous nous sommes séparés ainsi.

— Tout cela ne me fait rien, répliqua Hayes

d'un ton glacial ; qu'est-ce qui vous amène ici ?

— Je viens voir s'il y a pour moi une lettre non affranchie.

— Vous n'avez qu'à filer, car il n'y a pas de lettre à votre nom.

— Voyez, ajouta Jollyman, après un moment d'hésitation, s'il n'y en a pas pour Simonot.

— Pour Simonot... il y a en effet deux lettres, dit le sergent Hayes en les prenant à la main. Mais pourquoi les demandez-vous au nom de M. Simonot.

— M. Simonot est mon ami, et il m'a dit de relever les lettres qui arriveraient pour lui.

— Est-ce qu'il ne peut point venir lui-même ?

— Non, parce qu'il a été obligé de partir pour visiter des claims.

— Et vous dites qu'il vous a chargé de prendre son courrier, est-ce que vous en feriez serment ?

— Oui, je le jure...

— Et vous vous parjurez avec audace, fit tout d'un coup une voix de femme. Vous vous parjurez, vous dis-je, c'est moi, sa femme, qui ai été chargée de ce soin... Vous n'êtes qu'un imposteur. Monsieur le sergent, faites-le donc arrêter.

Cette voix douce, mais avec un accent singulier, qui venait ainsi dénoncer Jollyman, n'était autre

que celle de Suzon complètement vêtue à l'Euro-
péenne, au moins autant qu'on le pouvait dans un
pays où les marchandes de modes étaient singulièrement rares. Elle avait puisé dans la garde-robe
de Mme Jeanne. La digne Canadienne avait dé-
pensé toute sa science pour en tirer une toilette
de jeune femme qui fut en harmonie avec le ton
chaud de la peau d'une Indienne, et elle avait
réussi dans la perfection.

Suzon était véritablement ravissante, et l'expres-
sion de colère trop justifiée dont elle était animée
donnait à ses traits un charme tout spécial, que
Jollyman était naturellement bien loin d'apprécier.
Hayes qui allait agir pour son propre compte
était ravi de la sollicitation qui venait de lui être
adressée.

Mais il n'e t pas la satisfaction de procéder lui-même à l'arrestation, car des voisins
se chargèrent de ce soin et répondirent spon-
tanément à l'appel énergique de Suzon.

Hayes se borna donc à intervenir pour qu'on
ne poussât pas les choses trop loin, car des individus, qui avaient la main leste, traînaient déjà le
coupable hors du corps de garde, afin de l'accro-
cher à un poteau qui servait assez souvent dans
de semblables occasions.

— Non, non, n'allez pas si vite, fit le sergent Hayes, mes enfants, vous êtes trop pressés !... Je veux d'abord savoir ce que monsieur a mis dans ses poches, car je l'ai vu tout à l'heure qui les remplissait avec une certaine activité. Il les a bourrées de correspondances sur lesquelles il a mis la main sans avoir le droit d'y toucher.

— Ces lettres étaient destinées à des amis qui m'avaient dit de les retirer pour eux.

— Oui, comme M. Simonot, n'est-ce pas ?

Jollyman baissa la tête et fit comme si il n'avait rien entendu. Après un instant de silence il recommença ses vagues mais bruyantes protestations.

— Assez de tapage comme cela ! fit durement le sergent... allons, videz vos poches, mettez sur cette table tout ce que vous y avez enfoui.

Jollyman fit semblant d'obéir, et il retira en effet quelques lettres qui presque toutes portaient son nom. A chaque fois qu'il en arrivait une de la sorte, il l'agitait avec ostentation et la faisait toucher au sergent.

Mais celui-ci connaissait trop bien Jollyman pour se laisser prendre à un piège si grossier. Il comprit que s'il le laissait à lui-même, la visite serait toujours imparfaite, et qu'il n'arriverait pas au but qu'il se proposait.

Hayes appela son confrère, le plaça à la distribution des lettres non affranchies, et prenant Jollyman au collet, il le mena dans la salle voisine qui servait d'antichambre aux cellules où l'on renfermait les délinquants.

Avant de pénétrer dans cette pièce il avait pris soin de dire à Mme Simonot de le suivre, car elle jouait un grand rôle dans les constatations qu'il méditait et qui étaient nécessaires à ses yeux, pour fournir une preuve matérielle, indispensable, de la culpabilité de Jollyman.

Au milieu de cette salle il y avait une table sur laquelle il fit asseoir le prisonnier qu'il renversa sur le dos. On le fouilla de main de maître dans toutes les poches, on palpa toutes les doublures pour saisir tout ce qu'il avait caché. Malgré ses cris, on tira au moins une vingtaine de lettres, dont quatre seulement portaient son nom.

Parmi les seize qui avaient été subtilisées, il y en avait une grosse, cachetée avec soin et qui portait le nom de Simonot.

— Ceci est bien le nom de votre mari, madame ; elle vous appartient, reprenez-là... et je suis heureux de vous l'avoir ainsi rattrapée. Quant à vous, misérable, fit-il en s'adressant à Jollyman que cette dernière découverte avait attéré, et qui avait

fini de vociférer, vous ne pourrez soutenir que
Simonot est un de vos amis ? Vous avez commis
un abus de confiance, un vol *public de la pire
espèce*, vous êtes indigne de la protection de la
loi... Je n'ai pas mission de vous juger... mais je
peux dire à ces messieurs qu'il sont libres de faire
de vous tout ce qu'ils voudront, je ne me déran-
gerai pas pour savoir ce que vous êtes devenu...

« Madame, dit-il en souriant d'un air mélancolique à Mᵐᵉ Simonot, ne restez point là, car il
s'y passera sans doute des choses qui blesseraient
vos sentiments d'humanité.

Puis la prenant poliment par la main, il lui
offrit son bras et la fit sortir du corps de garde
en l'engageant à aller tout droit à son domicile,
sans regarder derrière elle pour voir ce qui
allait arriver.

Puis après l'avoir salué, il revint d'un pas tran-
quille dans la salle où se continuait la distribution
des lettres aussi paisiblement que si rien n'était
arrivé.

Mais en franchissant le seuil de la porte il fut
obligé de s'arrêter pendant quelques instants,
pour laisser passer une trentaine d'individus entraînant Jollyman en vociférant, et le conduisant
aux pieds du fameux poteau. Le malheureux qui

avait déjà autour du cou la cravate de chanvre
qu'on lui avait passé par surcroît de précaution
était plus mort que vif. C'était un cadavre sur
lequel la colère populaire allait s'exercer avec
l'aveu du chef de la force publique et avec la
sanction de l'opinion.

On remit au tas toutes les lettres dont le misérable s'était emparé, et toutes parvinrent à leur
destinataire. Elles contenaient, pour la plupart, des
assignations de marchandises, dont Jollyman
allait demander la livraison, qu'il aurait obtenue à
l'aide d'une fausse signature. Les lettres qui lui
étaient adressées provenaient de coulissiers de la
Bourse de Londres, qui lui annonçaient l'intention
de constituer des sociétés dans les quelles on ne se
préoccuperait jamais du rendement vrai mais des
moyens de jeter de la poudre, de la poudre d'or
aux yeux des gogos. Ces honnêtes correspondants
se chargeaient de *boomer* les actions.

Tout cela était dit à mots couverts, mais faciles
à pénétrer, lorsque l'on connait le jargon de la
finance et les mœurs des gens qui fréquentent le
Parquet.

Le trépas de Jollyman était donc un événement
heureux qui épargnait quelques millions à la gent
laborieuse et crédule dont les économies vont s'en-

gouffrer au milieu de sottes et déplorables spécu-
lations.

Ce coup de lynchage dont personne ne parla, ni
en Amérique, ni en Europe, était donc incontestablement un véritable bienfait. Le magistrat, à
qui le sergent Hayes raconta ce qui s'était passé,
fit un paquet des lettres destinées à Jollyman avec
un récit détaillé de ce qui s'était passé, et l'en-
voya au gouvernement d'Ottava...

XVII

La lettre sauvée

Suzon était encore tout en larmes, lorsqu'elle arriva à Loose Town. Quoiqu'il y eût plus d'une heure de marche, la jeune femme n'avait pu encore reconquérir son sang-froid. Elle était sous le coup d'une émotion si formidable, qu'elle eut infiniment de mal à raconter à Mme Jeanne ce qui s'était passé ; ses larmes redoublèrent lorsqu'elle arriva à la conclusion, et ajouta qu'elle était sûre que Jollyman avait été lynché.

Mais la Canadienne, quoiqu'elle fût largement accessible aux sentiments qui font l'honneur de la femme, ne les poussait pas à ce point d'exagération. Comme tous les Canadiens d'origine française, elle avait du reste une forte prévention contre les Anglais, et sa pitié s'exerçait plus difficilement pour eux, que pour des victimes appartenant à une autre nationalité.

— Si vous saviez, ma chère enfant, tout ce que le gouvernement Britannique nous a fait souffrir et tout ce qu'il a fait souffrir à nos ancêtres, vous ne pleureriez pas sur la mort d'un scélérat. Il en restera toujours assez sur la terre pour nous tourmenter. Je ne dis pas que tous les Anglais soient pareils, j'en ai connu de braves et de généreux, pour lesquels j'aurais mis ma main au feu ; on ne doit pas juger les individus par la nation dont ils font partie, mais j'ai une prévention contre eux, prévention que vous partagerez, j'en suis sûre, lorsque vous aurez vécu longtemps parmi nous.

Les raisonnements de la brave fermière n'avaient que peu d'effet sur la belle pleureuse, qui ne se consolait pas et songeait involontairement à la triste fin de Jollyman. Mais la joie revint dans son cœur lorsqu'elle vit entrer Simonot, qui était en veine de gaîté. Il faisait, c'est le cas de le dire, des rêves d'or, car il avait vu des claims magnifiques et il avait des promesses de vente à des prix modérés.

— Notre fortune est faite, faite à tout jamais, dit-il en entraînant l'Indienne. Mais pourquoi as-tu l'air si triste et ne te réjouis-tu pas comme moi ?... Je te dis que nous allons faire des affaires excellentes... Tiens, voilà une lettre, une grande lettre...

Est-ce que le courrier d'Europpe est arrrivé ?

— Oui, oui, il est arrivé avant hier.

Et la jeune femme ouvrait déjà la bouche pour lui dire ce qui s'était passé...

Avant qu'elle ait eu le temps de commencer à parler, Simonot qui avait aperçu d'autres missives s'écriait :

— Cette lettre n'est pas seule, en voilà trois autres... une d'elle est de ma mère... Commençons par la décacheter... Ah ! la pauvre vieille, elle est en bonne santé, mais elle se plaint d'être seule ; elle voudrait revoir son Charles. Elle craint de mourir avant que je l'embrasse encore une fois... Ce que c'est que le cœur d'une mère... Ah ! je voudrais bien la revoir... la revoir avec toi... Je suis sûr qu'elle t'aimerait à la folie... Mais avec toutes les affaires que je viens d'emmancher... Je ne crois pas possible de quitter le Klondike cet été...

Il s'interrompit pour embrasser sa femme et la regarda en riant.

— Tu es vraiment bien gentille... Si je ne peux partir, il faudra que je t'envoie en Europe, tu passeras l'hiver auprès de ta belle-maman en m'attendant.

— Charles, ce n'est pas possible ; puisque nous

sommes unis, c'est pour partager ensemble toutes les joies et toutes les douleurs de la vie...

Et la jeune femme prit à témoin Mme Jeanne
qui s'empressa de lui donner raison...

Simonot, dont le parti était pris et qui changeait difficilement d'avis, ne répondit rien, mais
il continua la lecture de sa correspondance.

La seconde lettre était d'un ancien condisciple,
qui avait entendu dire qu'il était parti pour le
Klondike, et qui lui demandait s'il ne pourrait pas
lui faciliter le moyen de devenir un *chercheur d'or*,
car il était fatigué d'être un *chercheur de pièces
de cent sous* sur le pavé de Paris.

— Ma foi, je crois que je pourrais trouver quelque occasion pour faire venir ce brave garçon ;
c'était un gai compagnon, et nous nous amuserons
ensemble à parler du bon vieux temps.

La troisième était de l'administrateur du journal
auquel avait appartenu Simonot, et qui demandait des correspondances. Il rappelait que Simonot avait promis d'en envoyer et qu'il n'avait point
tenu parole, ce qui avait occasionné un sérieux
préjudice à cette intéressante feuille ; on avait
donc été obligé de rédiger dans les bureaux de
rédaction une série de lettres, qu'on avait publiées
comme venant du Klondike ; quoique supposées,

et peut-être parce que supposées, elles avaient produit un excellent effet et fait monter la vente d'au moins dix mille exemplaires. On annonçait à Simonot l'envoi d'une collection complète de toutes les élucubrations qui avaient paru; on le priait de suivre, ou au moins d'envoyer des éléments pour continuer à amuser le public.

Simonot ne put s'empêcher de rire de l'aventure, mais il eut quelque peine à faire comprendre à Suzon ce dont il s'agissait. Celle-ci rit pourtant de confiance, en voyant que son mari riait.

La grande lettre qui avait été retirée de la poche de Jollyman fut ouverte la dernière.

Pendant que Simonot la décachetait, Suzon avait commencé d'un ton ému l'histoire de la lettre et la manière dont elle avait été retrouvée. Mais à peine avait-il lu les premières lignes, qu'il interrompait sa femme en lui sautant au cou.

— Voilà qui va à merveille : on me rappelle à Paris, et nous allons tous deux partir par le prochain vapeur du Yukon. Il s'est passé en Europe des choses surprenantes, et il va s'en passer d'autres plus surprenantes encore...

— Mais les affaires en cours, dit un peu timidement Suzon, comme si elle doutait encore du bonheur que son mari lui annonçait.

— Les affaires en cours, nous les terminerons
au galop comme nous pourrons, ou nous ne les
terminerons point... Il faut que je revienne sur le
champ, la maison de Banque a besoin de moi. On
ne veut pas de télégrammes ou de lettres, on
veut l'entretien de bouche avec moi. Voyons, que
je relise avec soin le passage qui me donne la
clef de ce changement si imprévu qu'important!

« Le marché des mines d'or de l'Afrique australe, disait en substance la missive, est fort agité
depuis quelque temps, et il le sera beaucoup plus.
L'Angleterre cherche une mauvaise querelle aux
Boers qui sont les légitimes propriétaires du sol.
On va leur faire une guerre aussi injuste que san-
glante, pour s'emparer de leurs trésors souterrains.
Les Boers sont braves et idolâtres de leur indé-
pendance. Ils se laisseront égorger plutôt que de
céder.

« Les projets ambitieux du gouvernement britannique ne s'exécuteront point sans verser beaucoup de sang et sans demander de longues années,
pendant lesquelles la propriété des mines d'or sera
troublée. Le public qui est engagé dans ces valeurs
est obligé de les soutenir. Mais il serait impossible de
réaliser les projets que nous avons primitivement
formés. Les mines d'or d'Alaska ne peuvent figu-

ner à la Bourse ; il faut qu'elles soient exploitées
par des sociétés civiles, comme certaines mines de
mercure, et mises en règles. Nous vous prions donc
de revenir sans retard en Europe avec les renseigne-
ments dont vous disposez, afin qu'on règle définitivement les conditions d'une exploitation conduite sur une grande échelle, comme notre banque
est à même de l'organiser par elle-même, et surtout avec le secours de ses correspondants et de
ses amis. Tout semble favoriser ce genre d'entre-
prises. »

— Il est impossible, dit Simonot en s'adressant
à sa jeune femme, d'être plus net et plus précis.
Tout cela cadre à merveille avec les découvertes
que j'ai faites de puissants gissements d'amiante
et de mines de houilles d'une richesse inépuisable.
Nous pourrons fonder dans ces régions des éta-
blissements grands et prospères, qui resserreront
les liens entre le Canada et son ancienne Mère Patrie.

La joie de Simonot était indescriptible, car il ne
s'attendait pas à revoir si rapidement cette France
où l'on revient toujours avec tant de plaisir, et
que l'on n'apprécie bien, que lorsqu'on l'a quittée
pendant quelque temps.

Mais il n'avait que bien peu de jours pour faire

ses préparatifs de départ et prendre en outre les dispositions nécessaires pour employer utilement l'activité des Lhomond pendant tout le temps où il ne serait pas là, ce qui comprendrait certainement toute la belle saison. On était au mardi, et le *Jacques Cartier* avait déjà commencé son chargement ; samedi il allait partir avec sa cargaison de poudre d'or. Il allait porter plus de millions que les fameux galions du roi d'Espagne, à l'époque des grands flibustiers.

———

XVIII

Au rendez-vous des mineurs

Comme le temps était beaucoup trop court, pour
qu'on ne cherchât point à l'économiser à tout prix,
Simonot se décida à prendre un logement à un
hôtel, auquel on avait donné le nom du *Rendez-
vous des Mineurs*.

C'était une construction en planches d'un aspect
lourd et disgracieux qui n'avait rien non plus de
très attrayant en dedans. Les chambres étaient
sombres et mal éclairées. En effet, pour toute
peinture elles avaient une légère couche de gou-
dron, et les fenêtres étaient très petites. Elles
avaient pour vitres des feuilles de mica assez
épaisses, qui protégeaient contre le froid.

Comme mobilier, quelques escabeaux, une table
en bois blanc, un lit en fer, une glace ayant un
demi-pied carré de surface avec un encadrement
en papier gris, une lampe de cuivre à pétrole, pas
de tapis.

Ce réduit, dont le seul mérite était d'être assez
chaud en hiver, parce que les boiseries étaient
doubles, séparées par une couche d'air, coûtait
fort cher. Simonot et sa femme, qui s'y
installèrent tant bien que mal, ne payaient pas
moins d'une livre sterling par jour.

Cette chambre était au dernier étage, parce que
c'était la seule qui fut disponible dans la maison,
dont le bas était occupé, moitié par la cuisine et
moitié par un salon. Il n'y avait pas moins de
cinquante chambres dans l'établissement.

Les gens mariés, qui était fort rares, payaient
double, quoique rien ne distinguât leur logement
de celui des autres habitants.

Le premier était occupé par une sorte de parloir,
ou de salle commune, qui servait de restaurant et
de salon de réception. Il n'y avait, comme orne-
ment, que quelques grossières enluminures parve-
nant des numéros de la Noël, des journaux illustrés
de Montréal.

La nourriture que l'on servait aux pensionnaires

était des plus grossières, et les prix étaient excessivement élevés. La cuisine emportait la bouche, et
les additions faisaient de fortes brèches à la bourse;
mais les habitants avaient le droit de faire venir
leurs vivres du dehors et de les accommoder eux
mêmes à l'aide du fourneau du réz-de-chaussée.
Cependant le tenancier de ce bouge, voyait d'un
fort mauvais œil les habitants qui profitaient de
cette facilité.

Simonot était du nombre, et Suzon passait une
partie de la journée à cuisiner, en compagnie de
Mme Jeanne, qui avait pris ses quartiers dans un
hôtel voisin dont on nous dispensera de faire la
description ; nous dirons seulement qu'il était moins
confortable, si c'était possible, et que le prix des
chambres s'élevait, non point à une livre sterling,
mais à une guinée, sorte de monnaie aristocratique
qui n'existe que sur le papier et qui vaut un shel-
ling de plus, soit vingt-six francs vingt-cinq.

Simonot sortait peu, parce que tous les gens avec
lesquels il avait affaire venaient le visiter et
conversaient longuement avec lui. Comme le bruit
de son départ s'était répandu, c'était une proces-
sion de visiteurs venant le charger de quelques
commissions pour l'Europe.

Il prenait note de toutes les offres quelles qu'elles

fussent, et il les inscrivait de plus sur un registre
qu'il devait laisser à la famille Lhomond, chargée
de vérifier les détails, ce dont il ne pouvait s'occuper, pressé qu'il était par le temps.

La journée du vendredi avait été tout particu-
lièrement pénible ; la salle de l'hôtel n'avait pas
désempli de toute la journée.

Après avoir soupé rapidement, Simonot s'était
couché avec un violent mal de tête, ce qui tenait
peut-être à ce qu'il ne lui avait pas été possible de
mettre les pieds dehors un seul instant dans toute
la journée. Il s'endormit d'un sommeil profond, mais
agité par des rêves de toute sorte, après avoir vu
se dérouler devant lui une série de cauchemars des
plus bizarres, se succédant avec une rapidité
effrayante, et dans lesquels il jouait presque toujours le rôle de victime ; il lui sembla qu'il venait
de rendre le dernier soupir et qu'on l'entraînait
dans l'enfer... Il sentait déjà les flammes dont les
damnés sont dévorés. En même temps il s'aperçut
qu'on le secouait assez vigoureusement pour qu'il
pût ouvrir les yeux, ce qu'il ne fit pas sans difficultés.

Il était temps qu'il cédât à l'appel désespéré de
Suzon qui redoublait d'efforts pour le tirer du sommeil quasi léthargique dans lequel il était plongé.

En effet, ce n'était pas dans l'autre monde, mais dans le monde sublunaire, que les flammes le rôtissaient.

L'hôtel était en effet complétement incendié ; l'escalier était bloqué de telle sorte qu'il était impossible de songer à s'en servir. Il en sortait des torrents de fumée noire par lesquels on aurait été étouffé sur le champ. La chambre elle-même n'était pas tenable ; la fenêtre était trop haute pour que l'on pût penser à l'employer, même pour sauter à terre, ce qui eût été le seul moyen de salut, moyen triste et précaire. Mais périr pour périr, ne vaut-il pas mieux être assommé que brûlé vif.

Comme les draps du lit n'étaient point encore enflammés, Simenot s'en empara à tout hasard, et prenant dans ses bras Suzon qui était à moitié évanouie, il monta sur le toit qui, comme nous l'avons dit, était immédiatement au-dessus de la chambre que les deux époux occupaient.

En arrivant au grand air, la pauvre femme revint à elle et se mit à respirer avec bonheur. L'air frais entrant dans sa poitrine lui fit éprouver une sensation délicieuse, mais ce mouvement machinal de satisfaction ne fut qu'un éclair !

La situation, en effet, était épouvantable ; le

feu gagnait toujours, et les flammes ne tardèrent point à sortir de l'escalier par lequel Simonot avait passé avec son précieux fardeau.

Bien plus, on entendait des craquements sourds. Il était évident que les grandes poutres qui formaient la charpente de l'hôtel, allaient bientôt céder ; si l'on ne se précipitait dans le vide, on allait tomber dans une fournaise où l'on serait réduit en cendres en quelques instants... Terrible alternative, et il fallait se prononcer.

Leste et hardi comme il l'était, Simonot était en quelque sorte rassuré sur son sort. En effet, il était assez bon gymnaste pour se faire un parachute improvisé avec un des deux draps qu'il avait emportés.

Mais comment faire comprendre à Suzon ce qu'elle devait faire, pour augmenter quelque peu les chances de salut ? Il pouvait à la rigueur, la placer sur ses épaules. Mais en ajoutant à son poids celui de sa femme, il diminuait, dans une proportion effrayante, les chances de cette manœuvre désespérée. Pendant quelques secondes, il roula dans sa tête les projets les plus insensés, sans s'arrêter à aucun parti. Mais pendant ces hésitations, les flammes, elles, n'hésitaient pas ; les craquements se multipliaient.

Déjà il soulevait Suzon pour l'aider à prendre position. Il allait saisir le drap le plus solide ; ses mains se crispant à l'extrémité d'une des deux diagonales, ses bras étendus offriraient à l'air une prise suffisante. Il jette un dernier regard sur la terre... Bonté divine, le Père Philippe est là, en bas, à la tête de huit hommes qui tendent une couverture toute prête à recevoir ceux qui se lanceront hardiment dans l'espace.

Sans rien dire à Suzon, qui du reste n'aurait pu comprendre ses paroles, car elle a de nouveau perdu connaissance, il la prend, il la soulève, il la lance dans l'espace !

Il a si bien pris ses mesures qu'elle tombe au milieu des hommes qui l'attendent et qui du reste ont mis à profit le temps où elle était suspendue en l'air, pour faire un ou deux pas...

Le choc sourd se produit... Simonot l'entend... Il voit tous ces hommes qui sont bousculés les uns sur les autres... Mais la violence du choc a été rompue par la couverture... Évidemment Suzon est sauvée...

Simonot n'a plus qu'à se précipiter à son tour.

Mais les compagnons du Père Philippe ne sont point à leur poste... Ils sont occupés à se remettre de la forte secousse qu'ils ont éprouvée, et il

n'y a plus une seconde à perdre. La température
est terrible; littéralement, Simonot sent son sang
bouillir dans ses veines... Les flammes vont dévo-
rer le drap qu'il a déposé à ses pieds lorsqu'il
s'est décidé à précipiter Suzon.

Il n'hésite pas et il se précipite comme il en
avait formé le dessin et sans se préoccuper le
moins du monde de ce qui se passa à ses pieds.

Il exécute ce tour de voltige avec une précision
si merveilleuse, que la vitesse de sa chute en est
singulièrement tempérée. Elle ne dépasse pas quatre ou cinq mètres par seconde, mais qu'il est
difficile de ne pas lâcher prise! Que de sang-froid
il lui faut pour ne pas se désorienter par tous les
soubresauts de son parachute improvisé, qui va de
de ci, de là... En effet, il n'y a au centre rien qui
ressemble à ce trou d'écoulement d'air, destiné
à régulariser la chute, et que le célèbre astronome
Jérome de Lalande a inventé.

Il prend terre sans choc notable; l'effet est comparable à celui d'une descente en ballon.

Son premier mouvement est de se précipiter du
côté où se trouve Suzon, qui elle-même est sans
blessure. Il se jette à son cou.

Les deux époux ont perdu tous leurs bagages,
mais Mme Jeanne qui est arrivée sur le lieu

de l'incendie prête de ses robes à Mme Simonot.

Simonot n'a plus rien que sa chemise, et le drap qui lui a permis de descendre du toit de l'auberge incendiée. Mais Mme Jeanne arrange tout; elle trouve dans la garde-robe de la famille tout ce qui est indispensable pour faire suffisante figure, pour que les deux époux puissent arriver à bord du *Jacques Cartier*, qui part à huit heures précises du matin.

Les causes de l'incendie qui dévora le *Rendez-vous des Mineurs* n'ont été jamais bien déterminées. Si Jollyman eût encore été de ce monde, Simonot le lui aurait attribué, mais comme il avait reçu le châtiment de ses crimes, Simonot se contenta de penser que le coupable était un des complices de ce scélérat, qui avait cherché à venger son patron. Mme Jeanne, et surtout Suzon, se trouvèrent fort de cet avis.

Nous quitterons ici Simonot, sa jolie compagne, et leurs amis les Lhomond, sauf à reprendre le récit de leurs aventures, lorsque les projets que nous les avons vu former se seront réalisés.

FIN

Imprimerie Vve Albouy, 75, avenue d'Italie. — Paris.

Collection à 20 Centimes. — Franco-poste 30 Centimes

Série B. — Romans d'Aventures, Chasses et Voyages

Les volumes de cette série peuvent être mis dans toutes les mains.

ŒUVRES DE FENIMORE COOPER
201 202 Le Corsaire rouge.................. 2 vol.
203 204 Le dernier des Mohicans........... 2 vol.
205 206 La Longue-Carabine............... 2 vol.
207 208 La Fille du Sergent (Le Lac Ontario) 2 vol.
209 210 Rosée-de-Juin................... 2 vol.
211 212 Bas-de-Cuir................... 2 vol.
213 214 La Prairie................... 2 vol.
215 216 Le vieux Trappeur............... 2 vol.
217 218 Le Tueur de daims.............. 2 vol.
219 220 Œil-de-Faucon................. 2 vol.
221 222 Le Cratère ou les Robinsons américains. 2 vol.
223 224 L'Espion................... 2 vol.
225 226 Aventures d'un Capitaine américain... 2 vol.
227 228 A bord et à terre.............. 2 vol.
229 230 Un Cousin d'Amérique........... 2 vol.

ŒUVRES DE MAYNE-REID
251 Les Pirates du Mississipi........... 1 vol.
252 253 Bruin, ou les Jeunes chasseurs d'ours. 2 vol.
254 Les Chasseurs du Limpopo.......... 1 vol.
255 256 Gaspar le Gaucho.............. 2 vol.
257 258 Les Chasseurs de scalps.......... 2 vol.
259 Voyage à fond de cale........... 1 vol.
260 Les Chasseurs de plantes......... 1 vol.
261 Les Grimpeurs de rochers......... 1 vol.
262 Les Boërs Chasseurs d'ivoire...... 1 vol.
263 Les Vacances au désert........... 1 vol.
264 Les Chasseurs de girafes......... 1 vol.
265 Le Mousse de la « Pandore »...... 1 vol.
266 Epaves de l'Océan.............. 1 vol.
267 La Corde fatale................ 1 vol.
268 La Montagne-Perdue............. 1 vol.

THÉODORE CAHU
299 300 L'Ile désolée................ 2 vol.

Série C. — Romans Etrangers
851 A. Pouchekine. — La Fille du Capitaine
(traduit du Russe par Maurice Quais) 1 vol.

Série D. — Romans comiques

BIBI-TAPIN (Contes du Petit pioupiou)

401 Les mésaventures de Bistrouille........ 1 vol.
402 Les farces de Beaupoil............... 1 vol.
403 Bistrouille au Sacré-Cœur........... 1 vol.
404 Bistrouille à l'Armée du Salut........ 1 vol.
405 Bistrouille en cour d'assises (ou le Cadavre ambulant)................. 1 vol.
406 Bistrouille et Jean Hiroux........... 1 vol.

Ces volumes dont le tirage a dépassé 200.000 exemplaires sont absolument désopilants.

421 Théodore Cahu. Le Régiment des hommes à poil................. 1 vol.
422   —   Nos farces au Régiment 1 vol.
423   —   L'Amour, il n'y a que ça. 1 vol.
424 Ch. Bérard. — Pour rire à deux....... 1 vol.
425 N. Amaudru. — *La Bohème moderne :* L'Homme aux lunettes d'or...... 1 vol.
426 427 Pigault-Lebrun. — Monsieur Botte...... 2 vol.
428 429   —   L'homme à la pièce curieuse 2 vol.
430 431 Jean Bruno. — L'Illustre Doubledard... 2 vol.
432 Joseph Montet. — La Vie fantasque... 1 vol.
433 D. Chéri. — La vertu du Mari........ 1 vol.
434   —   La vertu de Madame..... 1 vol.
435 Ch. Bérard. Les 6 femmes de M. Pingouin 1 vol.
436 Jean Soleil. — La Bicycliste récalcitrante 1 vol.

Chansons et Monologues comiques (à 25 centimes)
COLLECTION BIBI-TAPIN

5001 Le Pou et l'Araignée (chanson).
5002 La Confession de Bistrouille (chanson).
5003 Le Duel de Bistrouille (chanson).
5004 Le Couvent (chanson).
6001 Le Sermon du curé Trécy (monologue).
6002 Le Petit Tondu et le roi de Prusse (monologue).
6003 Les Délices de la... chose ! (monologue).
6004 Bistrouille pétomane (monologue).

Chez les Libraires : O 1.25 — Franco-poste contre O1.30

POUR LES JEUNES

Parmi les innombrables auteurs de Chansons ou Monologues, combien peu ont songé au jeune âge!

Cette lacune est désormais comblée par la mise en vente, dans la *COLLECTION A.-L. GUYOT de*

CHANSONS & MONOLOGUES POUR ENFANTS

Paroles de E. BLONDEAU — Musique de L. LANFANT

Quatre Séries sont parues, comprenant chacune **8 morceaux** fort agréables à dire ou chanter.

L'édition se présente sous la forme d'une gracieuse partition-bijou, magnifiquement illustrée par le crayon de **C. Kossbühl**, et luxueusement tirée en **2 couleurs**.

Le prix, selon les traditions de la maison d'édition **A.-L. GUYOT,** a été fixé au minimum. Il représente le dixième à peine de ce que coûtent habituellement les recueils de ce genre. **Ce prix est de :**

30 CENTIMES chez les Libraires — **40 CENTIMES** franco-poste

Adresser les demandes poste à
M. A.-L. Guyot, Éditeur, *12, rue Paul-Lelong, Paris.*